Antonis Samarakis

EL PASAPORTE
Y OTROS OCHO RELATOS

Antonis Samarakis

EL PASAPORTE
Y OTROS OCHO RELATOS

Introducción de Panagiota Papadopoulou

Traducción de
A. Disseaki, A. Giachali, S.-D.Giannopoulou,
A. Likotrafiti, A. Mathioudaki, P. Papadopoulou, E. Tsikala,
Z.Vlachos, M. Venizelou, E. Vogiatzi, A. Zoi

Centro de Estudios Bizantinos, Neogriegos y Chipriotas
Granada 2025

Biblioteca de Autores Griegos Contemporáneos

Directora
Olga Omatos Saenz

Comité científico
Maila García Amorós, Idoia Mamolar Sánchez,
Panagiota Papadopoulou, Raquel Pérez Mena

DATOS DE PUBLICACIÓN

Antonis Samarakis: *El pasaporte y otros ocho relatos*
Introducción de Panagiota Papadopoulou
Traducción de A. Disseaki, A. Giachali, S.-D. Giannopoulou,
A. Likotrafiti, A. Mathioudaki, P. Papadopoulou, E. Tsikala,
Z. Vlachos, M. Venizelou, E.Vogiatzi, A. Zoi

pp. 141

1. Literatura griega   2. Siglo XX

© Centro de Estudios Bizantinos, Neogriegos y Chipriotas
© Los traductores

Texto revisado por Gonzalo Espejo Jáimez

Primera edición: 2025
ISBN: 978-84-18948-19-0
Depósito legal: GR 1269-2025

Maquetación: Jorge Lemus Pérez

Índice

Introducción 9

Datos biográficos 9

Obra 11

Colección *El pasaporte* 16

Obras del autor 27

Premios 27

Bibliografía indicativa sobre Antonis Samarakis 28

Traducción de *El pasaporte y otros ocho relatos*

El pasaporte 33

La última travesura 65

Lección de anatomía etc. 77

Calle Stadíu, en Nochevieja 91

La conquista 95

La madre 105

La ventana 115

El cuchillo 123

El Apocalipsis de San Juan 131

INTRODUCCIÓN

Datos biográficos

Antonis Samarakis, nacido el 16 de agosto de 1919 en un barrio popular de Atenas y en el seno de una familia relativamente pobre, se crió en el agitado intervalo de los años de entreguerras y vivió los turbulentos acontecimientos de la Segunda Guerra Mundial y la posterior guerra civil griega. Sus años de juventud en este entorno tan inestable influyeron profundamente en su visión del mundo y constituyeron el trasfondo temático de gran parte de sus obras[1].

Estudió Derecho en la Universidad de Atenas (1937-1941) y en 1935 empezó a trabajar como empleado en el Ministerio de Trabajo, pero el régimen dictatorial de Ioannis Metaxás del 4 de agosto de 1936 le obligó a dimitir. Regresó a su trabajo en 1945, pero dimitió de nuevo en 1963.

Durante la ocupación alemana participó activamente en la Resistencia Nacional, lo que le valió ser detenido en dos ocasiones: la primera, en marzo de 1943, durante la gran manifestación popular en Atenas contra el reclutamiento político ordenado por los ocupantes; la segunda en 1944, en Paleofarsala (Tesalia), donde fue capturado, torturado y condenado a muerte. Consiguió escapar y se escondió hasta el 12 de octubre 1944, fecha de la liberación de Atenas[2].

El 1963 se casó con Eleni Kourebana, "...compañera y guía de valor único e irrepetible, no sólo con su amor y su intuición, sino también con su crítica estricta y siempre justa...", como él mismo apunta en su autobiografía[3].

---

[1] Σαμαράκης, Α., *1919- Αυτοβιογραφία*, Atenas, 2020, p. 9.

[2] *Ibidem*, pp. 49-50 y 57-58.

[3] *Ibidem*, p. 85.

En el periodo de la dictadura de los coroneles (1967-1974) la Inteligencia Policial le retiró el pasaporte y le prohibió salir de Grecia por considerarlo peligroso "para el orden público y la seguridad nacional" debido a que "en sus obras se manifiesta contra la guerra e incluso contra la guerra nuclear"[4].

Participó, como representante de Grecia y de las Naciones Unidas, en reuniones internacionales sobre cuestiones sociales, laborales y migratorias en numerosos países europeos y africanos, como Senegal y, especialmente, Guinea, donde permaneció en 1968-69 organizando los servicios del Ministerio de Trabajo y enseñando Derecho del Trabajo en la Universidad de Conakry, para cuyos alumnos elaboró y publicó un manual de dicha materia. Asimismo, como representante de la Unesco, viajó a Etiopía y participó activamente con sus artículos en la movilización internacional para la solución de los problemas de los habitantes del país, especialmente sus niños[5].

El 12 de diciembre de 1970 firmó junto con Giorgos Seferis, Yannis Ritsos y otros 25 escritores y artistas griegos, el telegrama de apoyo a los escritores y artistas catalanes, quienes, protestando contra la dictadura de Franco, se habían encerrado simbólicamente en la célebre abadía de Montserrat en Cataluña[6].

Por su actividad social e intelectual, en 1989, Unicef de Nueva York lo nombró primer *Embajador griego de Buena Voluntad* para los niños del mundo y, en 1991, Médicos del Mundo le concedió el título de *Embajador Honorario* de la organización[7]. Sentía un amor especial por los jóvenes y

---

[4] *Ibidem*, p. 99.

[5] Αντώνης Σαμαράκης. Μια διαδρομή στον 20ό αιώνα, Minestrio de Cultura de Grecia, Atenas, 2020, p. 100.

[6] *Ibidem*, p. 104, A FAVOR DE LOS INTELECTUALES CATALANES: *Les rogamos transmitir a Anna María Matute, a Joan Miró y a sus colegas los sentimientos de solidaridad de los intelectuales y artistas griegos firmantes, así como nuestro deseo de que triunfe la admirable lucha que llevan a cabo los intelectuales españoles por la libertad y el humanismo.* (Traducido del griego por P. Papadopoulou).

[7] *Ibidem*, p. 120.

los niños, y solía decir que "cuando se priva de sus derechos a un solo niño, se anula el concepto de derechos humanos". Fue idea suya crear el "Parlamento de los Adolescentes" en Grecia, una institución educativa pionera que reunió a jóvenes de toda Grecia y Chipre en los escaños del Parlamento griego, con el objetivo de fomentar una actitud positiva de los adolescentes hacia la participación en los asuntos públicos. Desde 1995 hasta su muerte en 2003[8] fue el presidente de la institución a la que siempre apoyó con todas sus fuerzas con su presencia, sus discursos y diversas actividades.

Por el conjunto de su obra recibió el Premio *Europalia de Literatura* en 1982[9]. En mayo de 1994 fue investido Doctor Honoris Causa por la Universidad de Atenas, y al año siguiente, en 1995, Grecia le honró con la condecoración de la *Orden del Fénix* y Francia le concedió el título de *Caballero de la Orden de las Artes y las Letras*[10].

Antonis Samarakis, conocido como el "eterno adolescente", falleció el 8 de agosto de 2003 en Pilos a los 83 años. Su cuerpo fue donado, según su deseo, a la Universidad de Atenas para la investigación de los estudiantes de la Facultad de Medicina[11].

Obra

Antonis Samarakis es uno de los escritores griegos más leídos y traducidos, ya que sus obras han sido traducidas a más de 30 idiomas. Debutó en las letras griegas, como poeta, a comienzos de la década de los 30, en las columnas de las revistas *Pedikós kosmos* (Παιδικός κόσμος/Mundo infantil) y *Diáplasis ton pedon* (Διάπλασις των Παίδων/Formación de los niños) bajo el pseudónimo "Oscuridad ideal y luminosa". Siguió sus publicaciones en las revistas *Xekínima* (Ξεκίνημα), en la que publicó su

[8] *Ibidem*, p. 125.
[9] *Ibidem*, p. 114.
[10] *Ibidem*, p. 124.
[11] *Ibidem*, p. 126.

poema *"Muerte"* en noviembre de 1933, *Nea Estía* (*Νέα Εστία*), *Neoelini-ká Grámata* (*Νεοελληνικά Γράμματα*), *Aktines* (Ακτίνες), etc.

Aunque comenzó su carrera literaria como poeta, se consagró con su obra en prosa[12]. Su primera aparición sustancial en el ámbito literario fue en 1954 con la colección titulada *Se busca esperanza* (Ζητείται ελπίς), formada por doce relatos cortos, el último de los cuales dio título a toda la colección. En un lenguaje sencillo y con sorprendente naturalidad, narra situaciones realmente difíciles y presenta el retrato de un mundo que, tras una guerra y bajo la amenaza de una nueva, se siente despojado de orientaciones ideológicas, fe y esperanza. "Es un grito de angustia por lo que trágicamente está ocurriendo en la Grecia de posguerra"[13].

En el mismo ámbito se mueve su siguiente obra (1959), la novela *Señal de peligro* (Σήμα κινδύνου), marcada por un fuerte carácter policial en la que quiso "expresar la erosión que se produce en nuestra vida cotidiana, porque nos aplastan principalmente dos miedos, entre muchos otros: el miedo a la guerra y el miedo al hambre"[14].

Dos años más tarde, en 1961, presentó la colección de once relatos cortos bajo el título *Me niego* (Αρνούμαι)[15], en la que se refleja la negativa total de una generación que luchó por un mundo pacífico e ideal que, sin embargo, no consiguió. Aquí se alinea con la corriente más amplia de la literatura griega de posguerra, caracterizada por su vocación humanista y antiautoritaria. La experiencia de la Segunda Guerra Mundial, la Ocupación y la Guerra Civil griega había conformado una tradición literaria marcada por una intensa angustia existencial y un despertar ético. En la obra de Samarakis esa angustia se transforma en una acusación contra la insensibilidad social, el abuso autoritario y la pérdida de la voz humana. El *me niego* no consiste en una negación vacía, sino en una afirmación del

---

[12] Χρυσογέλου-Κατσή Άννα, «Αντώνης Σαμαράκης. Πεζογράφος της κοινωνικής συνείδησης», *Παρουσία Β΄*, Atenas, 1984, pp. 54-55.

[13] Τριάντου Ιφιγένεια, *Ξαναδιαβάζοντας τον Αντώνη Σαμαράκη*, Atenas, 2016, p. 74.

[14] *1919- Autobiografía*, p. 79.

[15] *Ibidem*, p. 81.

ser humano y un acto de autodeterminación "para defender la dignidad humana, niego todo aquello que me deshumaniza". Esta obra le valdría el *Premio Estatal de Relatos* en el año 1962[16].

Su novela cumbre *El fallo* (To λάθος), por la que alcanzó el reconocimiento internacional, se publicó en 1965 en un momento crucial de la historia política griega moderna. En ella, como él mismo confesó, aunque la historia y la trama son producto de su imaginación, directa o indirectamente transmitió sus amargas experiencias de los dos sistemas totalitarios que vivió antes de la dictadura de 1967: la dictadura del 4 de agosto de 1936 y la ocupación alemana. El eje de la obra es "el fallo" del poder implacable que no contempla el factor humano, que no sopesa con precisión las relaciones entre el culpable y la víctima y los procesos psicológicos que a veces tienen lugar, de modo que todos los cálculos y planes del opresor quedan anulados. "Porque la vida misma me ha enseñado que ningún mecanismo ideológico, religioso, político, económico, tecnocrático, militarista, ningún mecanismo jamás logrará pervertir al hombre, que es por naturaleza una personalidad libre, en un triste robot teledirigido; nunca logrará extinguir el fuego sagrado en los corazones de la humanidad y la solidaridad"[17].

La novela fue calurosamente acogida por la crítica y grandes nombres de la literatura como Arthur Koestler, Graham Green, Arthur Miller, Inazio Silone y Agatha Christie expresaron su entusiasmo por el autor, quien ganó, gracias a ella, el *Premio de Novela de los Doce* (1966), y el *Gran Premio Internacional de Literatura Policiaca* de Francia (1970)[18]. A través de su traducción francesa (*La Faille*), la obra fue adaptada al cine en 1975 por el director alemán Peter Fleischmann con guion de Jean-Claude Carrièrey música de Ennio Morricone en una coproducción de Francia, Italia, y Alemania Occidental[19].

---

[16] *Αντώνης Σαμαράκης. Μια διαδρομή...*, p. 94.
[17] *Ibidem*, p. 97.
[18] *Ibidem*, p. 98 y 102.
[19] *Ibidem*, p. 98 y 112.

En la misma línea que sus obras anteriores están las tres colecciones de relatos que siguieron *El Fallo*: *La jungla* (Η ζούγκλα), publicada en el 1966, *El pasaporte* (Το διαβατήριο), en 1973, y *La contra* (Η κόντρα), en 1992; todas se sitúan en el ámbito de la denuncia social y expresan la inquietud, la conciencia social y la visión humanista del autor.

En el año 1996, Samarakis publicó su autobiografía bajo el título *1919-… Autobiografía* (1919-… Αυτοβιογραφία) donde, en modo de confesión y en un estilo sencillo, profundamente humano y sensible, expresa pensamientos personales y expone aquellos acontecimientos importantes de su arriesgada trayectoria personal e intelectual que lo marcaron como hombre y como escritor.

En 1998 Antonis Samarakis publicó su última obra, la novela En nombre de (Εν ονόματι), cuyo protagonista, un adolescente de primero de bachillerato, al comprobar lo corrupta e insolidaria que es la sociedad, se opone a todo en nombre de esta, escribiendo una proclama e iniciando un proceso contra quienes perjudican las libertades de las personas e interfieren en sus decisiones. En la obra se comprueba la fe inquebrantable del autor en que la esperanza y el futuro de la Humanidad radica en la juventud.

Tras su muerte, en 2021, se publicó *Por qué soy cristiano* (Γιατί είμαι χριστιανός), obra inédita, descubierta en su archivo personal por su esposa, Eleni Samaraki, que supone un testimonio valioso del alma del autor porque en ella se comprueba el significado que para el autor tenía el cristianismo.

La producción literaria de Samarakis, aun sin quedar definida por una afiliación política determinada, está marcada por su dimensión política, principalmente en contra de la opresión y las estructuras autoritarias. Sus temas son abordados con una marcada perspectiva antropocéntrica, denunciando el totalitarismo y reflejando sus preocupaciones sobre el presente y el futuro de la sociedad. La lucha de las personas por reivindicar su libertad, que con frecuencia exige sacrificios personales incluida, en ocasiones, la propia vida, se contempla como una acción imprescindible en todas las épocas y en todas las sociedades, lo que permite situarla en cualquier dinámica histórica. "Sus héroes y las localizaciones son anónimos, ya que consideraba que los problemas del mundo de posguerra eran universales y globales y no concernían sólo a la realidad griega"[20].

Su lengua, basada en el lenguaje cotidiano de la comunicación sencilla, en ocasiones, transita irónicamente, entre el discurso periodístico y el tono rígido y estandarizado del lenguaje burocrático del "Sistema". Sus frases breves, entrecortadas, carentes de adjetivos y determinaciones, pero marcadas por el uso frecuente de puntos suspensivos junto a un flujo incesante y repeticiones léxicas, confieren a la obra de Samarakis un carácter marcadamente innovador. En la narración se hace uso de una vertiginosa sucesión de hechos y se recurre a estructuras propias de la novela policial. Reitera, una y otra vez, frases completas en un esfuerzo por provocar la reacción de la conciencia del lector con la mayor economía expresiva. De este modo, logra comunicar incluso los mensajes más esenciales con un estilo deliberadamente sobrio y despojado de adornos y una impronta estilística propia.

El estilo literario de Samarakis, profundamente personal y deliberadamente sencillo, despojado de lirismo, pero colmado de emoción, se caracteriza por una narración ágil y densa, marcada por una pasión auténtica y la ausencia total de afectación. En general, se busca subrayar la conjunción entre la reflexión social y la introspección personal, en un contexto de crisis ideológica y ansiedad existencial. La estructura narrativa comparte ciertos rasgos recurrentes: los personajes atraviesan experiencias de sufrimiento en espacios específicos y tratan de afrontar sus conflictos mediante un proceso de toma de conciencia y acción. Sin embargo, dado que la dominación, la sumisión al Sistema y la amenaza constante de una nueva guerra constituyen fuerzas siempre latentes, la trama en la narrativa de Samarakis adopta frecuentemente elementos propios de la novela policial.

---

[20] Παππάς Κ., *Ο συγγραφέας Αντώνης Σαμαράκης και το έργο του*, Atenas, 1988. p. 8.

Antonis Samarakis, en definitiva, constituye una voz singular en la literatura griega que logró vincular la sensibilidad política con la calidad literaria y la verdad humana. Nunca escribió con excesos, sino con la medida exacta de lo necesario.

Colección "El pasaporte"

La colección *El pasaporte* (Το διαβατήριο)[21], publicada en noviembre de 1973, comprende nueve relatos. Los tres primeros –*El pasaporte*, que da título a la colección, *La última travesura* (Η τελευταία ζαβολιά) y *Lección de anatomía, etc.* (Μάθημα Ανατομίας κ.λπ.)– son una denuncia a la dureza, la insensibilidad, la restricción de libertades y el autoritarismo propios del régimen dictatorial de los Coroneles (1967-1974), en la que el autor alude de forma indirecta a sus experiencias personales.

La temática abordada en estos relatos se mantiene en consonancia con las constantes ideológicas y estilísticas que caracterizan la obra de Samarakis: la relación conflictiva entre el individuo y el "Sistema" y la crítica contundente a cualquier manifestación de poder totalitario. El "Sistema" es representado como una estructura opresiva orientada a la anulación del sujeto, cuya finalidad es reducirlo a una condición de sometimiento, privarlo de su libertad, su dignidad y, en última instancia, de su identidad. En todos ellos se configura la realidad existencial de sus protagonistas, quienes, a pesar de hallarse atrapados en los engranajes de regímenes totalitarios, en los mecanismos impiadosos del consumismo o en la alienación propia del individuo moderno, no adoptan una actitud de resignación pasiva frente a su destino. Por el contrario, emprenden una lucha activa en busca de una salida que les permita reafirmar su humanidad.

---

[21] La traducción de la colección, con el título español El pasaporte y otros ocho relatos, fue realizada en las clases del Máster Estudios Latinoamericanos e Ibéricos, impartido en el Departamento de Lengua y Literaturas Hispánicas de la Facultad de Filosofía, de la Universidad Nacional y Kapodistríaca de Atenas, durante el curso 2020-2021.

En el resto de los relatos, cuyos títulos son: *Calle Stadíu, en Nochevieja* (*Οδός Σταδίου, Παραμονή Πρωτοχρονιάς*), *La conquista* (*Η κατάκτηση*), *La madre* (*Η μάνα*), *La ventana* (*Το παράθυρο*), *El cuchillo* (*Το μαχαίρι*) y *El Apocalipsis de San Juan* (*Αποκάλυψις Ιωάννου*), el autor orienta su reflexión hacia problemáticas de índole social que se hallan profundamente entrelazadas con preocupaciones de carácter existencial, tales como la soledad del individuo en el marco de una sociedad alienante y consumista, la desigualdad estructural persistente, y la creciente indiferencia hacia el otro, concebida como una forma de adaptación o mecanismo de supervivencia en contextos marcados por la adversidad.

A pesar de la heterogeneidad temática y estilística que caracteriza al corpus de relatos, todos ellos convergen en un eje articulador común: la búsqueda constante de la libertad por parte de los personajes. Este proceso de emancipación se configura mediante diversas trayectorias narrativas, en las que se evidencian múltiples formas de resistencia, momentos de lucidez subjetiva y actos de transgresión frente a un orden social, político o moral preestablecido. En este sentido, la libertad no se concibe como una condición estática o dada, sino como una construcción dinámica, dialéctica y conflictiva, que atraviesa cada uno de los textos como principio estructurante y valor esencial.

La experiencia personal de Samarakis en el año 1970, cuando su obra *El fallo* fue publicada en francés y galardonada con el *Gran Premio de Literatura Policial*, constituyó la principal fuente de inspiración para la redacción del relato *El pasaporte*. La dictadura le impidió viajar a París para recibir el premio, hecho que le afectó profundamente en el plano emocional y simbólico al sentirse privado de uno de los derechos fundamentales: la libertad de movimiento.

En un telegrama dirigido al comité del premio francés, criticó duramente la prohibición de viajar. El contenido de dicho mensaje fue difundido por la prensa francesa y ampliamente reproducido en diversos medios de comunicación europeos y estadounidenses, convirtiéndose en un acto de denuncia internacional contra la represión política en Grecia: "La dictadura me ha retenido el pasaporte y me prohíbe salir de Grecia. Así que no puedo estar con vosotros en la ceremonia de entrega. Pero estaré a vuestro lado con mi alma. Estamos profundamente conmovidos por todas las expresiones de amor y solidaridad del pueblo francés hacia nuestro pueblo esclavizado. Vivimos en un mundo trágicamente absurdo y absurdamente trágico. Y sólo la lucha imparable e implacable por una Humanidad menos inhumana será capaz de frustrar el crimen perfecto contra los valores que dan sentido a nuestras vidas"[22].

El protagonista de *El pasaporte* es un personaje profundamente simbólico, cuya caracterización está cuidadosamente construida para representar al hombre de la calle atrapado en los engranajes de un sistema totalitario. Él es un individuo apolítico, de mediana edad, solitario, y aparentemente insignificante, cuya existencia se ve abruptamente alterada cuando el Sistema lo clasifica como "peligroso". No representa al héroe clásico de resistencia activa, sino al ciudadano medio que, pese a no haber cometido falta alguna, resulta sospechoso por el simple hecho de no demostrar lealtad explícita al régimen. Su carácter introvertido y temeroso lo lleva inicialmente a la sumisión: acepta el proceso impuesto por el Sistema para obtener el pasaporte, dominado por la ansiedad, la incertidumbre y la confusión

Esta situación lo conduce a un proceso de toma de conciencia, en el que descubre que la única forma de preservar su integridad frente a la lógica autoritaria es mantenerse fiel a sus principios y a una conciencia ética arraigada desde la infancia. Su lealtad simbólica a su equipo de fútbol, una aparente insignificancia, funciona como un hilo de continuidad emocional y moral en su vida. A lo largo del relato, el personaje se presenta como sumiso, invadido por el miedo y la incertidumbre. Sin embargo, en el momento culminante de la narración, el más decisivo de su existencia, accede a una dimensión de libertad interior que le permite resistir. En ese gesto último, se alza frente al sistema totalitario. A pesar de su temor, se afirma en

---

[22] *1919- Autobiografía*, p. 107.

su libertad interior y decide no colaborar con el régimen, aunque ello pueda significar su aniquilación espiritual y moral, incluso con la posibilidad de perder su libertad física o su propia vida. En el último momento se dio cuenta de que, para el Sistema, un ciudadano pacífico no significa nada. En el universo opresivo de Samarakis, no es necesario actuar en contra del poder para ser considerado enemigo; basta con no haberse sometido de forma explícita a su lógica. El protagonista es un antihéroe moral que refleja la fragilidad y la dignidad del ser humano frente a la opresión. Su carácter representa la tensión entre la obediencia impuesta y la conciencia personal, revelando, incluso en condiciones extremas, cómo el individuo puede elegir la dignidad frente a la sumisión.

En *La última travesura*, Helenita, representación paradigmática de la inocencia infantil, se erige como una figura de resistencia ante el orden normativo impuesto por el Sistema. Su negativa a sustituir la cinta de su muñeca parlante –la cual reitera constantemente su gusto por las travesuras– constituye un acto simbólico de desobediencia frente a un dispositivo de control social que busca regular incluso el ámbito lúdico de la niñez. Esta postura, aparentemente insignificante desde una perspectiva adulta, pone en evidencia la incompatibilidad entre la lógica disciplinaria y la espontaneidad propia del universo infantil. La imposibilidad de la protagonista para respetar una normativa que reprime su derecho al juego revela no sólo una defensa de su subjetividad, sino también una crítica implícita a la homogenización de comportamientos que impone el aparato institucional. La negativa de Helenita a ocultar o modificar su juguete no se basa en una comprensión racional de las consecuencias, sino en la fidelidad a una experiencia vital que entiende el juego como un espacio legítimo de expresión y libertad. Helenita niega aceptar la "ley" que no le permite ser niña.

Este relato constituye una denuncia no sólo de la crueldad con la que el Sistema somete a la infancia, representada en la figura de la niña, sino también de la insensibilidad institucionalizada y la indiferencia social frente a este tipo de prácticas represivas. La imposición de una pedagogía autoritaria que, bajo el pretexto de inculcar desde la niñez "el respeto y la dedicación ciega a los nobles ideales de consumo", suprime todo espacio para la emocionalidad, la ternura o la desobediencia lúdica, transforma al individuo en un sujeto completamente alineado con los principios del orden dominante. En este contexto, el juguete deja de ser medio de expresión creativa y se transforma en herramienta de adoctrinamiento.

Resulta especialmente relevante analizar el papel que se adjudica a la infancia dentro de esta sociedad normativizada. La espontaneidad propia de los niños es sistemáticamente reprimida bajo el pretexto de una "Sana Programación de la Sociedad Consumidora", que instrumentaliza incluso los objetos destinados al entretenimiento infantil, como las muñecas, con el objetivo de moldear subjetividades dóciles y funcionales al orden establecido. En este marco, el juguete pierde su carácter lúdico y expresivo para convertirse en una herramienta de socialización orientada al adoctrinamiento y la reproducción de valores dominantes. No obstante, el autor deja entrever una posibilidad de liberación a través de un símbolo cargado de significación: la voz grabada en la muñeca, que persiste tras la pérdida de su dueña, *la pequeña Helenita, de apenas seis años y con los ojos castaños ¡taaan! abiertos*, representa una forma de resistencia simbólica. La frase repetida, "me encantan las travesuras", funciona como una metáfora del espíritu libre que, pese a la represión y la violencia, sobrevive como núcleo insubordinado de humanidad de la condición humana.

En la *Lección de anatomía etc.*, el personaje del profesor se configura como una figura ambivalente, cuya naturaleza, inicialmente carente de una disposición rebelde, contrasta con su posterior, casi involuntario, alineamiento, con sus estudiantes, quienes representan y defienden los valores de la paz y la libertad. A partir de un estímulo aparentemente insignificante, se desencadena en el docente un proceso de toma de conciencia profunda que trasciende su actitud pasiva inicial, posibilitando así una identificación con los ideales encarnados por los jóvenes.

Este despertar interno pone de manifiesto la existencia latente de una dimensión heroica reprimida por las estrictas convenciones y la atmósfera autoritaria del contexto en que se desenvuelve, la cual se activa ante la presencia de la injusticia. La adhesión del profesor no se expresa a través de manifestaciones estridentes, sino mediante una solidaridad silenciosa y comprometida, lo que ensalza la relevancia de los pequeños actos de resistencia moral como forma de oposición al totalitarismo.

El desenlace de la narración articula una enseñanza central que atraviesa la producción literaria de Samarakis: "la única salida y la única esperanza es la solidaridad directa y la comprensión de hombre a hombre". Este postulado adquiere un carácter universal al subrayar el valor ético intrínseco al vínculo interpersonal, en contraposición al anonimato y la deshumanización promovidos por el sistema opresivo. Así, la obra insiste en la importancia de la dimensión humana como motor fundamental para la resistencia y la esperanza frente a la opresión.

En el relato *Calle Stadiu, en Nochevieja* el caballo que irrumpe en plena Nochevieja en una de las arterias más transitadas del centro de Atenas se erige en un símbolo de fuerza descomunal, de belleza salvaje y libertad sin límites. Su aparición repentina y caótica, en un contexto marcado por el ruido de la celebración, las luces festivas y una multitud absorta en sus preocupaciones personales y materiales, contrasta radicalmente con la aparente normalidad del entorno urbano. Mientras los escaparates brillan y los ciudadanos se desplazan cargados de obsequios, indiferentes a las trágicas noticias de los titulares de los periódicos, el galope del caballo interrumpe abruptamente la rutina ordenada, regida por normas, convenciones y reglamentos.

El recurso de la repetición de la frase "¡Un caballo en Stadíu!" refuerza la sensación de irrupción absurda y potencia el carácter simbólico del relato. La reacción colectiva –llamadas a emergencias, alarma moral, intento de borrar el suceso– refleja la fragilidad de un sistema obsesionado con el control y simboliza una grieta en la estructura aparentemente estable del mundo moderno, que, pese a su desarrollo material, permanece vulnerable ante el colapso ético y humano. En este contexto, el relato denuncia cómo la complacencia y la apatía social constituyen los mayores obstáculos frente a los peligros que acechan a las sociedades contemporáneas: la pérdida de solidaridad, justicia, igualdad y fraternidad, frente al crecimiento exponencial del hambre, el miedo colectivo, los conflictos bélicos y la instauración de una nueva moral distorsionada. La imagen del caballo se convierte así en metáfora de una libertad reprimida y de una conciencia que se resiste a sucumbir, en un mundo posbélico que prefiere, sin embargo, cerrar los ojos ante el deterioro de los valores fundamentales.

La esencia del relato *La Conquista* no reside en la imposición ni en un amor egoísta, sino en la idealización que el protagonista hace del rostro de la joven; una imagen en la que su fantasía, el amor incompleto y la fuerza de las emociones prevalecen sobre la lógica. El protagonista proyecta sobre la joven un ideal, una imagen imaginada de pureza, sensibilidad, autenticidad e, incluso, una plenitud espiritual o moral más profunda, esa que él mismo añora o busca en su vida. Su anhelo no es carnal ni superficial, sino espiritual y emocional; desea entrar en contacto con una persona que valide sus valores internos, alguien que pueda "participar" en su mundo interior.

A través de un lenguaje íntimo y detallado, Samarakis nos sumerge en la mente del protagonista, cuya vida gris y rutinaria se ve sacudida por la aparición de la joven vecina, que se convierte en un símbolo de conquista y cambio vital.

La decepción y la frustración de dicha idealización llega cuando la realidad de la joven se revela completamente distinta. Ella carece de la profundidad interior que el protagonista, influido por su imaginación, le había atribuido. Esta desilusión no puede ser imputada a la joven, dado que en ningún momento ofreció indicios que justificaran tales expectativas. Es el propio protagonista quien construye una ilusión y, al tomar conciencia de la verdad, cae en una especie de ruina interior. "¡No me destruyas lo ideal!", le gritó, y la única salida para él, tras la desilusión, fue la fuga. Él no se opuso al deseo en sí, sino a la manera en que se concreta: aspiraba a ser quien tomara la iniciativa, no por dominio, sino por necesidad de preservar la imagen idealizada que había construido de ella.

La madre es una de las obras más emotivas y representativas del autor, escrita con su estilo característico: sobrio, pero profundamente sentido. A pesar de su brevedad, logra conmover al lector en un nivel profundamente humano. "La madre" constituye un ejemplo enternecedor de figura trágica y representación intemporal de la maternidad en la literatura griega. La madre de Samarakis se erige en símbolo del dolor silencioso y de la injusticia social.

La trágica noticia de la muerte de un joven obrero, en la explosión de una cantera, lleva al autor a centrar su atención no en el fallecido, sino en su madre: una presencia sobria, cargada de profundo simbolismo. A través de una narración breve, aunque extraordinariamente densa, la figura de la madre se eleva a arquetipo universal del duelo. El profundo dolor emocional de la madre se expresa mediante el silencio absoluto y la inmovilidad. A diferencia del estereotipo de la madre doliente que grita o se descompone, la protagonista de Samarakis no alza la voz. Por el contrario, su silencio es el grito más elocuente. Esta afonía no denota debilidad, sino dignidad, fuerza interior y, al mismo tiempo, soledad absoluta.

La manera en que el autor la presenta al lector, no con un nombre propio, sino simplemente como "la madre", refuerza su carácter simbólico. Esta mujer no es una sola, sino todas las madres que han perdido a sus hijos en guerras, cárceles, campos de concentración o lugares de trabajo, víctimas de la indiferencia del Estado o de la explotación social. El contraste entre la actitud de la madre y la frialdad burocrática con la que se le comunica la noticia acentúa la distancia entre los mecanismos estatales y el sufrimiento humano. La muerte de su hijo es anunciada casi como un hecho técnico, sin la menor muestra de empatía o reconocimiento de la gravedad de la pérdida. Así, la madre no representa sólo el dolor individual, sino también una denuncia moral contra la indiferencia institucional y social. No se requieren descripciones extensas: la imagen de la madre esperando, simplemente, a saber, si su hijo está "entre los ocho que se salvaron" basta para condensar toda la tragedia. Ella, sin escenas de histeria ni alaridos, transmite toda la intensidad emocional a través de la mirada, la postura, el silencio.

La madre de este relato de Samarakis se revela como una figura universal, que trasciende lo personal para convertirse en símbolo del dolor humano, la dignidad y la persistente injusticia social. Su actitud no es sólo una aceptación trágica de la pérdida, sino también una forma de resistencia silenciosa ante un mundo que se ha desvinculado de la sensibilidad humana y de la esencia misma de la vida. Esa madre es la madre de todos los hijos muertos en una habitación triste de fea luz amarillenta.

La ventana es un relato profundamente introspectivo que ahonda en una de las experiencias humanas más universales y, a la vez, más íntimas: la soledad. La narrativa, de marcado tono existencialista, nos presenta la conciencia de un funcionario de mediana edad que, tras años de rutina burocrática, experimenta un despertar emocional ante la llegada de un nuevo jefe de sección. Lo que parece ser un simple cambio laboral se convierte en el catalizador de una crisis personal: "¿acaso no estamos todos, en verdad, solos?

El texto destaca por la intensidad emocional con la que se describe el aislamiento humano, no como una circunstancia externa, sino como una condición esencial, inherente al individuo. Esta percepción de soledad no proviene de la ausencia física de personas, sino de la imposibilidad de conexión genuina entre seres humanos.

Samarakis, a través de una estructura narrativa lineal pero fragmentada internamente por anotaciones horarias, refuerza la monotonía de la rutina y el paso inexorable del tiempo. Uno de los grandes méritos del relato es su capacidad de sostener el suspense emocional en un entorno cotidiano, casi banal. El autor logra que un gesto mínimo –el apretón de manos– adquiera un peso casi metafísico. Ese pequeño acto condensa el drama de la existencia, la necesidad de contacto, la urgencia de encontrar sentido más allá del protocolo y las apariencias.

Estilísticamente, el relato maneja con soltura el contraste entre la sobriedad del lenguaje administrativo y la profundidad del monólogo interior. Esa dualidad da fuerza al texto: lo externo es gris, repetitivo, aséptico; lo interno es turbulento, doliente, esperanzado. La lluvia, las luces de la ciudad, el cigarro, la taza vacía de café: cada elemento está cuidadosamente dispuesto para amplificar la dimensión simbólica del texto.

"— Sabes, he empezado a seducirme…", "— …se me pasó": son enunciados breves pronunciados con apenas un día de diferencia que, a pesar de su concisión, ejercen un profundo impacto en la dimensión emocional y cognitiva del protagonista del relato *El cuchillo*. Él, movido por una obsesión amorosa y herido por el rechazo de una mujer, concibe el asesinato como solución a su conflicto emocional. La presencia de un vendedor ambulante actúa como detonante, sugiriéndole el arma y motivando la adquisición de un cuchillo, con el cual configura minuciosamente el escenario del crimen en su imaginación. No obstante, una circunstancia aparentemente insignificante –el uso del cuchillo por un anciano en una taberna– interrumpe y neutraliza su resolución homicida.

El rechazo que recibe no es simplemente un golpe emocional, sino una ruptura profunda con la realidad que había construido dentro de sí. La frase "se me pasó" y la ligereza con la que lo dijo, subrayan el trato superficial, casi insolente, hacia sus sentimientos, lo que lo hace sentirse rechazado e inexistente. La compra del cuchillo no es sólo un acto de violencia, sino más bien un grito existencial de angustia. Es el punto culminante de la desesperación, el momento en que su oscuridad interna y su soledad se vuelven tan pesadas que piensa en una solución extrema.

Las circunstancias que lo detienen antes de llegar al crimen adquieren, muy probablemente, una dimensión simbólica. Representan el conflicto interno del protagonista, que se debate entre la violencia y la búsqueda de redención, y devienen en el factor externo que lo devuelven a la realidad evitando el crimen.

El monólogo del protagonista bajo la ventana, con el consiguiente cambio de plan, supone una forma de resistencia pasiva y de aceptación de su soledad. A pesar del dolor, él no da el último paso hacia la destrucción. La ventana se convierte en un símbolo de la distancia, de una comunicación que nunca existió, pero también de una esperanza residual de conexión, aunque sea de esta manera.

Samarakis, en este relato, presenta el tipo de personas sencillas, totalmente reconocibles por todos nosotros, que a menudo se enfrentan a un callejón sin salida inevitable y entonces se transforman de forma inesperada. La situación de absurdo se convierte en factor desencadenante de un cambio personal y de una revisión de sus hitos vitales.

El Apocalipsis de San Juan es un relato de carácter introspectivo que articula, a través de un elaborado monólogo interior, el conflicto entre la vocación literaria y la irrupción de la realidad social. La estructura narrativa fragmentaria y la focalización interna permiten al lector adentrarse en la conciencia de un protagonista que, inicialmente ensimismado en sus rituales creativos, experimenta una transformación significativa cuando, por azar, asume el rol de redactor de solicitudes en una oficina de asistencia pública. *El Apocalipsis,* la "revelación" de las cuestiones cruciales que afectan a la existencia humana, impulsa al protagonista a replantearse su actitud y su visión sobre lo que es realmente importante.

El uso del espacio urbano (Atenas) y del clima (la lluvia y el calor de noviembre) como elementos narrativos, no sólo contextualiza la historia, sino que refuerza el estado anímico del personaje. El tono final se vuelve más reflexivo, con un cierre abierto y simbólico que da nombre al relato: el "apocalipsis" no es el fin del mundo, sino el descubrimiento de otra realidad, una revelación.

El relato despliega una estética del detalle y del pensamiento errático y consigue que lo cotidiano se convierta en vehículo para explorar temas como la soledad, la creación artística y la tensión entre arte y compromiso. La escritura meticulosa, el uso de la digresión y una atmósfera urbana bien delineada refuerzan el carácter reflexivo del texto.

El giro narrativo que introduce el contacto con el sufrimiento ajeno opera como un mecanismo de revelación: el "apocalipsis" al que alude el título se resignifica como una epifanía ética y estética. Lejos de ser una narración centrada únicamente en el yo, el texto problematiza el lugar del escritor en la sociedad y replantea la función de la literatura frente a la urgencia de lo real.

Obras del autor

1954: Ζητείται Ελπίς (*Se busca esperanza*)
1959: Σήμα κινδύνου (*Señal de peligro*)
1961: Αρνούμαι (*Me niego*)
1962: Γραφείον Ιδεών (*Oficina de ideas*)
1965: Το λάθος (El fallo)
1966: Η ζούγκλα: (*La jungla*)
1973: Το Διαβατήριο (*El pasaporte*)
1992: Η Κόντρα (*La contra*)
1996: Αυτοβιογραφία 1919-... (*Autobiografía 1919-...*)
1998: Εν ονόματι (*En nombre de*)
2008: Ποιήματα (*Poemas*)
2020: Άπαντα Ι, ΙΙ (*Obras completas I, II*)
2021: Γιατί είμαι χριστιανός (*Porque soy cristiano*)

Premios

Premio Estatal de Relato (1962, por *Me niego*)
Premio de los Doce – Premio Costas Ouranis (1966, por *El fallo*)
Gran Premio de Novela Policíaca en Francia (1970, por *El fallo*)
Europalia (1982, por el conjunto de su obra)
Cruz de Caballero de las Artes y las Letras (1995)
Premio Estatal de Artes y Letras (1995, Francia)

Bibliografía indicativa sobre Antonis Samarakis

Βαρίκας Β., «Σύγχρονες μαρτυρίες. Αντώνη Σαμαράκη: Αρνούμαι (διηγήματα)» *Συγγραφείς και κείμενα Α΄, 1961-1965*, Atenas.

Βουρνάς Τ., «Ζητείται ελπίς» *Επιθεώρηση Τέχνης*, Atenas, 25/03/1955.

Δασκαλόπουλος Δ., «Αντώνης Σαμαράκης» en *Η μεταπολεμική πεζογραφία. Από τον πόλεμο του '40 ως τη δικτατορία του '67*, Atenas, 1992, pp. 54-99.

Δημούλης Σ. Δ., *Κώστας Καρυωτάκης και Αντώνης Σαμαράκης*, Atenas, 1975.

Ζήρας Α., «Σαμαράκης Αντώνης» en *Παγκόσμιο Βιογραφικό Λεξικό*, Atenas, 1988.

Καμπανέλλης Ι., «Ο άνθρωπος κάνει τον συγγραφέα και το έργο», *Η λέξη* 5, 6, Atenas, 1992, pp. 320-321.

Καραντώνης Α., *24 σύγχρονοι πεζογράφοι*, Atenas, 1978.

Κοτζιάς Αλ., *Μεταπολεμικοί πεζογράφοι· Κριτικά κείμενα*, Atenas, 1982.

Κούρτοβικ Δ., «Αντώνης Σαμαράκης» en *Έλληνες μεταπολεμικοί συγγραφείς· Ένας κριτικός οδηγός*, Atenas, 1995.

Μαστροδημήτρης Π.Δ., *Η ανθρωπιστική διάσταση του έργου του Σαμαράκη*, Atenas, 1994.

Μερακλής Μ. Γ., «Άτομα και καθεστώτα», *Εποχές* 47, Atenas, 1967.

Μηλιώνης Χρ., «Το ποτάμι» en *Με το νήμα της Αριάδνης· Μεταπολεμική πεζογραφία· Ερμηνεία κειμένων*, Atenas, 1991.

Νιάρχος Θ. Θανάσης (ed.), *Μαρτυρίες για τον Αντώνη Σαμαράκη*, Atenas, 2000.

Παγκράτης Π., «Η πράξη ως 'χειρονομία' στην πεζογραφία του Σαμαράκη», *Η λέξη*, 05/06/1992, pp. 326-331.

Παπανούτσος Ε., «Ένας διηγηματογράφος», *Το Βήμα*, 30/09/1954.

Παππάς Κ., *Ο συγγραφέας Αντώνης Σαμαράκης και το έργο του*, Atenas, 1988.

Σαμαράκης, Α., *1919-*, Atenas, 1996, 2017, 2020.

—, *Άπαντα Αντώνη Σαμαράκη*, Atenas, 2012.

—, *Μια διαδρομή στον 20ό αιώνα*, Ministerio de Cultura, Atenas, 2020.

Σαχίνης Απ., *Νέοι πεζογράφοι· Είκοσι χρόνια νεοελληνικής πεζογραφίας: 1945–1965*, Atenas, 1965.

—, *Μεσοπολεμικοί και μεταπολεμικοί πεζογράφοι*, Tesalónica, 1979.

Τριάντου Ι., *Ξαναδιαβάζοντας τον Αντώνη Σαμαράκη*, Atenas, 2016.

Τρουπάκη Μ., - Γαλάντης Γ., «Σαμαράκης Αντώνης: Ο συγγραφέας οφείλει να είναι η φωνή αυτών που δεν έχουν φωνή», *Διαβάζω* 93, Atenas, 1984, pp. 64-72.

Χρυσογέλου Ά. - Κάτση Ά., «Αντώνης Σαμαράκης. Πεζογράφος της κοινωνικής συνείδησης», *Παρουσία Β΄*, Atenas, 1984.

Jahiel E., «Antonis Samarakis: Fiction as Scenario», *Books Abroad* 42.4, 1968, pp. 531-534.

—, «Ο κινηματογραφικός κόσμος του Αντώνη Σαμαράκη», *Η λέξη* 109, 1992, pp. 322-325.

El pasaporte
y otros ocho relatos

El pasaporte

Cogió el bloc, arrancó cuatro hojas, las dobló como un libro, las unió con dos alfileres por el lomo y dejó la primera hoja como portada, escribió en la otra página en bolígrafo sus datos: apellido (en mayúsculas), nombre (en mayúsculas), nombre del padre (no en mayúsculas), nombre del cónyuge (apuntó: "Soltero"), nacionalidad, lugar y fecha de nacimiento, profesión, color de ojos (pensó un rato como si quisiera recordar el color y apuntó: "Marrón").

Debajo de sus datos, dibujó un cuadrito y dentro una cara, la suya. Debajo del dibujo escribió: "Fotografía del titular". Y en la otra página: "Válido para todos los países del mundo, para cinco años y para muchos viajes de ida y vuelta".

Volvió a la primera hoja que había dejado como portada y en mayúsculas, aún mas grandes, escribió:

"PASAPORTE"

Sintió orgullo de su creación. "¡No está mal!" dijo en voz alta como si hablara a otra persona y encima hipoacúsica. Y no era hipoacúsico. Estaba solo en la habitación. Luego puso el folleto en la funda de pasaporte de cuero sintético negro que acababa de comprar por la mañana. Podría haber comprado una barata, una de plástico o cuero, pero no de box, que es una de las más caras. Pero le llamó la atención aquella funda concreta y la compró sin ninguna duda. En todo caso, estaba destinada a su primer pasaporte –merecía la pena esa piel–. ¡Su primer pasaporte, a sus 51 años!

Era la primera vez que solicitaba pasaporte, ya que era la primera vez que sentía el deseo íntimo de viajar al extranjero. Una idea revolucionaria al cien por cien, algo nuevo en la microvida que hasta entonces llevaba, esta vida estancada, dividida en dos partes principales: la casa, por un lado, y, por otro, *La Decencia* (Industria de detergentes *La Decencia*).

En la sede de *La Decencia* es auxiliar administrativo. Como no tenía los requisitos requeridos, estudios superiores, se quedaría, por consiguiente, atrapado para siempre en el último escalafón, auxiliar administrativo. Atrapado, también, el salario. Llevaba veintitrés años al servicio fiel de *La Decencia*.

La conclusión es que mañana por la mañana tendría el pasaporte en el bolsillo; bueno, no en el bolsillo: lo pondrá enseguida en el estuche de box negro para que lo proteja de posibles daños. Y pasado mañana por la mañana, miércoles 26 de mayo, a las 10.40, el despegue.

Todo listo para el viaje, ¡al diablo *La Decencia*! Al diablo durante casi un mes, tanto como su permiso. Todo listo, solo falta el pasaporte. Habría presentado la solicitud con antelación, pero Hacienda lo retrasó. Tuvo primero que poner orden en algunos de sus impuestos, para obtener un certificado de que todo estaba bien, y luego solicitar el pasaporte.

Sus datos en Hacienda se habían extraviado en algún sitio; finalmente fueron encontrados. Hoy por la mañana ha ido a la oficina de pasaportes y ha presentado la solicitud. También las dos pequeñas fotos "sobre un fondo neutro" (esto estaba escrito en el formulario con las instrucciones que le dieron hace unos días). El proceso es muy simple: una mañana se entrega la solicitud y a la siguiente se obtiene el pasaporte.

Hace apenas tres semanas, le vino de repente la inspiración. ¡Un viajecito al extranjero! ¿Por qué no? Se irá, sí, cruzará la frontera para caminar por otras calles, para que otros vientos le estropeen la raya, para que se ponga en marcha por fin…

Está en su habitación, esta noche, una noche de lunes. En la séptima planta del bloque. Un estudio de soltero: una habitación pequeña, un pequeño recibidor, una pequeña cocina.

Rodeado por los cientos de folletos publicitarios de agencias de viaje que había reunido. Gran colorido, impresión ófset, con muchas fotografías estimulantes. Los había hecho un tapiz: en las paredes sujetos por chinchetas, en el armario, en el cristal de la ventana, en la mesita que usa como escritorio; pegó también algunos con fiso en el techo para verlos mientras estaba tumbado en la cama.

Ya es medianoche. Pasada la medianoche. Ocho horas le separan del pasaporte. Mañana por la mañana a las ocho –mañana no, hoy es lo correcto– él estará completamente armado para el viaje. Ante todo, el pasaporte; luego, la maleta gris de plástico que compró, precisamente, para el caso; el blazer –nuevo también–, muy moderno, azul marino, botones plateados; los pantalones gris oscuro con dobladillo (¡mira que el dobladillo ha vuelto a estar de moda!); la camisa con estampados blancos geométricos; la corbata de la misma tela, con los mismos estampados; cuatro mudas de ropa interior, camiseta y calzoncillos, en cuatro colores diferentes: rojo fuego, amarillo limón, morado, negro. Compras revolucionarias en vísperas del viaje, sobre todo los calzoncillos –siempre había usado clásicos, con botones–. Pero, con la embriaguez adelantada del viaje, se siente renovado, fresco, ¿cómo no comprar calzoncillos modernos?

El tiempo pasa y pasa, y de dormir ni hablar. ¿Hablar de sueño ahora? No encuentra la calma. Va y viene de aquí para allá por la habitación; abre la ventana y de repente la cierra; vuelve a abrirla e inmediatamente la cierra de nuevo; observa los cientos de folletos de publicidad; luego tiene hambre. Desde anoche no ha comido ni un bocado. Por la mañana, un café; al poco, un segundo café, y nada más. A mediodía, hecho polvo, imposible ponerse a comer. Mientras tanto, el tiempo pasó, y los dos restaurantes del barrio cierran a las 23:30, así que es demasiado tarde. Echa un vistazo en la nevera, es posible que haya algún huevo, o alguna lata. ¡Qué va! Un bote de mostaza y unos limones.

Vuelve a la habitación, abre el armario, se jacta del blázer azul marino, los pantalones gris oscuro, la camisa estampada, la corbata a juego... Se desnuda por completo, se pone la corbata a juego, la camiseta morada, los calzoncillos morados. En el interior de la puerta del armario hay un espejo de cuerpo entero.

"¡Fíjate que el morado me queda bien! ¡No me lo podía imaginar!" Se queda delante del espejo. "He adelgazado demasiado".

Desde hacía unos meses había perdido por completo el apetito. "Tengo la corazonada de que ganaré un par de kilos en el viaje. Normalmente, ya que estaré moviéndome, de continuo, debería suceder lo contrario. Sin embargo, por el cambio de aires, se abrirá el apetito, de modo que ganaré peso en vez de perderlo".

Mira el hombro derecho, siempre inclinado, la cicatriz en la rodilla derecha, por un tiro, desde que era niño, de 12 ó 13 años, y jugaban a la pelota en su barrio, y en otros barrios. Habían encontrado unas parcelas sin edificar, y no había ni una tarde –las tardes no tenían clase– que no jugaran un partido. Pero, a veces, por la mañana, hacían novillos...

"¡Yo soy del *Agón*!" Así decía, entonces, con orgullo. Hincha del *Agón*. Era su equipo amado y glorioso. Casi todos los años, el *Agón* ganaba el campeonato. Y casi todos los años, la final del campeonato era el duelo entre el *Agón* y el *Tifón*. El *Tifón* era el más fuerte de los restantes equipos que competían en el campeonato.

Chiquillos, él y su pandilla, seguidores del *Agón*, llamaron a su propio equipo del barrio –¿cómo no?– *Agón*. Los rivales, igualmente chiquillos, llamaron a su equipo *Tifón*. Unos y otros, con su paga, se costearon equipaciones idénticas a las que llevaban los mayores del *Agón* y del *Tifón*. En los campos de fútbol del barrio, el mini *Agón* y el mini *Tifón* luchaban por el mini campeonato.

Ambos equipos, el *Agón* y el *Tifón*, siguen siendo los grandes favoritos del campeonato. Los dos eternos rivales. Sólo que él ya no juega de centrocampista en su barrio, ni en otro barrio. Sin embargo, cuando se habla de fútbol, siempre está a punto de saltar y proclamar: "¡Yo soy del *Agón*!"

Sin embargo, termina por no decir nada. A medida que van pasando los años, tanto más se encierra en sí mismo. Evita abrirse a los demás.

Pues, esta noche, frente al espejo del armario, echa un vistazo más a la rodilla derecha, a la cicatriz debida a un tiro fallido de un rival. Huella indeleble de viejos, muy viejos tiempos. De sus tiempos de fútbol, los años de su niñez.

Con la camiseta morada y los calzoncillos morados, se recuesta en la silla plegable de tela, picoteando una ración de publicidad... En esta misma posición, se queda dormido. No se da cuenta de cómo se quedó dormido. De lo único que se da cuenta es de que ahora viaja al extranjero. Viaja... Cambia de aviones, baja de uno, sube al otro, deja uno, coge otro; muchas veces los coge en el aire, los agarra, los muerde, y luego los mastica. Eso sí, se le abrió el apetito, su sensación era cierta, ¡puede devorar incluso aviones! Una vez, un jumbo jet entero; otra, una ración bien hecha de ala o pechuga, de rabito o tren de aterrizaje. Descubre que los trenes son más tiernos que las alas, pero no tan sabrosos. De todas maneras, en el jumbo jet, la parte más sabrosa es el piloto –el automático–. Al despertar, lo único que descubre es que tiene un terrible peso de estómago. Tira directamente hacia el frigorífico, escoge dos limones jugosos, los exprime... Nada igual para la pesadez de estómago.

—Para usted... No hay pasaporte.

Él no entiende. Está mirando al empleado que le ha lanzado estas palabras. Mira a la mujer que está "en estado de buena esperanza", situada justo detrás de él. Mira a los demás en la cola.

Martes, 25 de mayo. Hora 8.10. En el Servicio de Pasaportes.

—Usted, no pasaporte,— le grita por segunda vez el empleado—. ¡Usted no tiene pasaporte! ¡No puede tenerlo! ¡Y aquí lo veo...! Está usted aquí anotado. Tiene que presentarse inmediatamente, repito, inmediatamente en el SDEC.

Como si hubiera sufrido una descarga eléctrica. Fosilizado. La mujer en "estado de buena esperanza" le está observando agitada. Sus ojos, borrosos por el embarazo, se vuelven aún más borrosos. La ve así, se preocupa por ella, y piensa: "¡Lo que nos falta ahora, un aborto!"

Los demás en la cola también lo observan. Silenciosos, pero con unas caras que dicen mucho.

—¡Le han echado la cruz, señor!— continúa el empleado. —El SDEC le ha echado la cruz, ¿me entiende? En la lista con los nombres de solicitantes que nosotros mandamos cada mediodía al SDEC para que la controlen, frente a su nombre han puesto una cruz. Lo que significa...

Se siente estar a punto de desmayarse. Y encima, el empleado, con aquella mala sonrisa, llena de sadismo:

—Le he dicho, señor, que tiene usted que presentarse inmediatamente al SDEC. ¿Qué más quiere usted? ¿Quiere que se lo escriba? Sector de Desinfección Emocional de Ciudadanos.

Martes, 25 de mayo. Noche. En su habitación.

Por la tarde, lo anuló todo: el billete de avión, las reservas en los hoteles… Desde un bar, donde se había refugiado por un rato, mental y físicamente agotado, llamó a la agencia de viajes que se había encargado de los trámites.

—Por causa de fuerza mayor, lo siento mucho… Por causa de fuerza mayor, no podré marcharme mañana. Ni pasado mañana, ni nunca. Por favor, que se cancele mi billete, que se cancele todo.

—¡Qué le vamos a hacer!— dijo el empleado. Si eso quiere, de acuerdo. ¿Pero qué ocurre?

Por unos segundos se queda en silencio. Luego dice:

—Ocurre que no tengo pasaporte. No se me permite tener pasaporte.

Si el empleado, colgando el teléfono, no hubiera cortado la conversación, le habría dicho algo más: "Y no puedo tener pasaporte porque SDEC me ha calificado de PELIGROSO".

Por la mañana ha visto la palabra PELIGROSO. Escrita en mayúscula, con rotulador amarillo, fichado por el SDEC. ¡Quién lo hubiera imaginado, fichado por el SDEC! ¡Él, fichado!

Al salir de la oficina de pasaportes, empezó a buscar un taxi. Las instalaciones de SDEC, edificio de once pisos, estaban al otro lado de la ciudad. No tardó mucho en encontrar un taxi libre.

La preocupación le reconcomía. Cómo no iban a mirarlo con temor y sospecha la mujer "en estado de buena esperanza" y los demás. De repente se enteraron de que el *Sistema* lo había identificado. El sistema omnipresente del que nadie ni nada puede escapar. Ya hace muchos años, desde que se apoderó de la autoridad y se convirtió en poder, y se autoproclamó Sistema, controlándolo todo. Una gran red de servicios secretos, un montón de agentes que no se cansan de espiar, delatar, poner trampas. En la cumbre de los servicios de inteligencia, el famoso SDEC.

Ya estaba en el edificio del SDEC, en su planta baja, un espacio como de recepción de hotel de lujo. Le dijeron que se presentara en la oficina número 901, novena planta.

En la puerta del 901, dos placas metálicas. La primera: *Subsector de Control de Desviaciones y Deficiencias Emocionales*. La otra: *Inspector de Turno*.

Estuvo esperando en el pasillo más de dos horas, de pie. Un pasillo oscuro, y un olor a canela. Mucha gente estaba esperando en la cola, todos para el 901. En silencio.

—¿Por qué motivo pidió usted un pasaporte?— se le preguntó en *Inspector de Turno*. No había nadie más en el despacho.

—¿Cuál es la razón? Tenía ganas de viajar al extranjero. ¿No es muy sencillo?

De pie frente al *Inspector de Turno*, sentía malestar ¡Ojalá tuviera un vaso de agua fría!... Mientras tanto, este, de unos 35 años, un tipo muy común, tenía un bloc y un lápiz negro y trazaba líneas que borraba enseguida con una goma de borrar. Al final, sin levantar la cabeza y sin parar de trazar y borrar, dijo:

—Es muy sencillo, de acuerdo. Pero también es muy sencillo que a usted no se le permite tener pasaporte.

—Podría atreverme a... atreverme a... ¿Qué ocurre?

—Ocurre que usted ha sido identificado como PELIGROSO, dijo el hombre-borrador. Usted está fichado, aquí tiene los datos que tiene el SDEC. He tenido en cuenta que usted vendría hoy, y los tengo a mano. ¡Esto, y nada más!

—No entiendo.

—Es mejor no entender nada que preguntar mucho.

Y la conversación terminó.

Todo lo que pasó por la mañana vuelve a su cabeza. Se acabó el viaje. Se acabó antes de empezar. La gran aventura a otros lugares se borra del mapa, se elimina. Fue un sueño que se esfumó. La decisión del SDEC es ley, más que ley. No puede tener pasaporte, pero ¿peligroso? ¿Por qué? Nunca se ocupó del *Sistema*, lo único que le interesa es *La Decencia* y su trabajo en el departamento de contabilidad. Nunca habla de nada relacionado con el *Sistema*. Si, por casualidad, se halla en una conversación sobre el particular, inmediatamente coge el camino. ¡Por supuesto, no está con el *Sistema*, no está a favor, no! El *Sistema* rechaza la libertad, el *Sistema* abole la libertad, ¿cómo puede estar a favor? Sin embargo, lo que piensa y lo que siente es un secreto, es un secreto escondido profundamente en su interior, "alto secreto". ¿Para qué revelarlo? ¿Para qué meterse? ¿Por qué arriesgarse? ¡El *Sistema* no bromea: ¡si te señala y te enredas en sus engranajes, estás acabado! Hay algunos, sí, algunos que no tienen miedo. Sobre todo, jóvenes, muy jóvenes, casi niños. ¡Así es la juventud! Tienen la locura de los 16 años, de los 20 años… Ojalá fuera él joven, ojalá tuviera no 51 sino 21 años… Pero ahora no es joven, y, por consiguiente, ¿para qué atreverse a lo que se atreven los jóvenes?

A menudo se susurra a sí mismo: "¿Acaso estoy loco para volverme loco?"

Y con este argumento, está en paz tanto con su conciencia como con el *Sistema*. Sin embargo, mira la que se ha liado de buenas a primeras sin poder saber qué pasa exactamente. Una vez identificado por SDEC como peligroso, ya no hay esperanza.

"Es mejor no entender nada que preguntar mucho". Conclusión: debería estar superfeliz de que el único daño fuera no obtener el pasaporte –por supuesto, podría ser, sin duda, algo peor–.

Al salir de SDEC estaba completamente confundido. ¡Qué hacer! ¡A dónde ir! Estuvo vagando horas y horas, hasta altas horas de la noche, 11 y… Más temprano, sobre las 9.30, se puso a llover. Una lluvia fuerte y nerviosa, y la capital, en mayo, juega por un rato al otoño. Continuó vagando bajo la lluvia. Miraba a quienes corrían para protegerse del agua, los coches con las luces antiniebla encendidas, los letreros de neón, que parecían refractados; por un momento comenzó a contemplar los escaparates, máquinas de escribir, trajes de baño de mujer, artículos para fumadores; luego, un escaparate muy oscuro, que vete tú a saber qué contiene; luego maniquíes... ¡maniquíes con pasaporte! Aglomeración de maniquíes, compañía de teatro en el escenario, damas y caballeros, uno con sonrisa dulce, otro engreído o con estilo muy formal. En la mano derecha, cada maniquí tiene su pasaporte. Como si lo mostrara en el Control de Pasaportes. "Pequeñito", claro, miniatura del otro. En la portada, impreso "PASAPORTE". Y en la primera página, los datos del titular. Algunos maniquíes tienen el pasaporte abierto por los datos identificativos, para que el otro sepa de quién se trata.

Afortunadas las maniquíes, afortunados los maniquíes... No son como los hombres, a quienes un SDEC cualquiera, en un pim pam, puede identificarlos como PELIGROSOS. Que un tal SDEC puede en un pim pam poner una cruz al lado de su nombre –o crucificarlos de otra manera... – ¡De todos modos, afortunada esta humanidad de maniquíes!

Por si fuera poco que los maniquíes estén aquí, frente a él, provocativamente listos para el viaje al extranjero, está además, al fondo del escaparte, el letrero de neón, que parpadea sin parar en diferentes colores y que reza sádicamente: "MANIQUÍES CON PASAPORTE. Ya no puede más, no puede más; un puño de hierro le está apretando el pecho, apretándolo, ahogándolo... Lo está ahogando el sollozo; cae sobre el cristal, los ojos fijos en los maniquíes felices; llora... Cara a cara con los maniquíes, llora como un hombre sufriente...

Los demás transeúntes se detienen, lo están observando: estará borracho como una cuba, estará chiflado. Le importa un bledo que lo miren, le importan un bledo los comentarios, se queda pegado al cristal...

En su habitación, más tarde, poco antes de la medianoche. No más duelo, pero tiene un apretón en el pecho. Decididamente, no puede quedarse con los brazos cruzados, tiene que hacer algo para disipar la pesadilla. ¿Pero hacer qué? ¿Leer un libro?, ¿ver la tele?, ¿arreglar la casa?, ¿fregar las numerosas tazas de café? Pues, ya sabe: ir directamente al baño a afeitarse. Sin duda que un buen rasurado a contrapelo lo refrescará.

Mañana no va a salir. Se quedará aquí, en la habitación. Mañana, y pasado mañana, y el día siguiente, y todos los días y todas las noches. No tiene ningunas ganas de ver a nadie. Pensó en afeitarse solamente para moverse, para reaccionar ante la asfixia y terminar con una ducha fría.

En el baño, delante del espejo, con la cuchilla en la mano, la cuchilla de modelo antiguo, se queda inmóvil enfrente del que está dentro del espejo. Qué frente tan pequeña, qué ojos nublados, qué ojos hundidos en las cavidades, qué orejas tan extrañas, qué mentón misterioso y, encima, con un hoyuelo… Es un tipo oscuro, de inframundo. Y grita: "¡Yo soy PELIGRO-SO! ¡El SDEC tiene razón! Sí, PELIGROSO, está más claro que el agua… ¡Peligro público número 1!"

Una mejilla con espuma, la otra sin ella; la cuchilla en la mano; hace movimientos con ella, como si amenazara a alguien; hace muecas, entreabre un ojo, entreabre el otro; pasa la cuchilla por la oreja derecha como si quisiera cortarla a ras, la pasa por la base de la nariz; luego gruñe, maúlla, ladra…

Miércoles 26 de mayo por la mañana.

Todavía está durmiendo. No es que sea tarde, son las 7 menos 22. Normalmente, ya estaría despierto desde haría tiempo. Pero por qué levantarse temprano; hoy empieza su permiso, de casi un mes. ¡Permiso que pasará este año, como todos los años, en los mismos lugares de siempre, "dentro y en los mismos lugares"! Si hubiera obtenido el pasaporte, se habría ido dentro de poco, en cuatro horas: a las 10.40, el despegue… ¿Qué se oye así, como un compresor, en su oído? ¡Es el timbre! Salta de la cama, en pijama y descalzo, corre a la puerta, pulsa el botón para abrir el portal del bloque, mientras dice por el telefonillo:

—¿Quién es?

Ninguna respuesta. Tenía que haber preguntado antes de abrir; espera. Pero no espera mucho, porque vuelve a sonar. Le va a volver loco ese timbre persistente; ahora también están llamando fuerte a la puerta de su apartamento, con la mano. Abre.

—¡Buenos días!

No corresponde al saludo del desconocido. Su mirada se clava en ese bolso marrón, maltrecho, que lleva aquel en su mano izquierda. Parece muy pesado, imposible de levantar. En seguida se da cuenta, está fuera de sí.

—Diccionarios a cuotas, ¿no? Diccionarios, enciclopedias, y cosas así... Déjenme en paz, a primera hora todavía no se me han abierto los ojos. ¡El mundo está durmiendo, señor! ¡Durmiendo! Además, yo mismo tengo permiso, mi permiso legal, señor. Yo empiezo hoy. Y aparece usted hoy, el día de estreno de mi permiso, y me viene a sacar de la cama a la fuerza. ¿Por qué, señor? ¿Por qué? ¡Por estos diccionarios a plazos que usted lleva en el bolso! Seguramente tendrá algo de porno ¿verdad? Sobre sexo y cosas así...

Habría seguido así por mucho más tiempo; no podía parar. Pero con la sobreestimulación, estaba sudando y, al no tener pañuelo, se sacó la chaqueta del pijama y se secó la cara. El otro echa un vistazo al pasillo, se asegura de que está vacío y dice en voz baja, muy baja:

—¿Por favor, dónde está el señor cuyo nombre está escrito en el timbre?

—Aquí está. Es decir, soy yo.

—¡Bien! Pues, esta mañana, a las 11:30, que se presente en SDEC. Ya sabe, donde estuvo ayer por la mañana, oficina 901.

El otoño cuando llega

Y nos trae el chaparrón,

Una profunda melancolía

Piratea el corazón...

—Le oigo,— le dice el hombre-borrador, terminando la recitación.

Hacía poco, exactamente a las 11.30, entraba por segunda vez en el despacho 901. Cuando aquel lo vio, se levantó de la silla y, con mucha pomposidad, recitó estos versos.

—¡Le oigo!— le repite el hombre-borrador.

—Oigo que me oye... ¿Qué quiere que le diga? Me llamó, y vine...

—¿Cómo se siente hoy, *Alma Sensible*?

¿Qué diablos quiere decir el inspector del SDEC? ¡Misterio!

—Quiere convencerme de que no tiene ni idea... ¡Bueno! Hace teatro, pero yo no lo culpo. Acepto, simplemente, que su memoria no funciona bien. De acuerdo, *Alma Sensible*... *Sueño Apagado*... *Valle Nevado*... *Paisaje Lunar*... Y todos los demás pseudónimos que utilizó ocasionalmente para publicar sus poemas en varias revistas. Trece pseudónimos en total, trece hasta el momento. ¿O va a negarme que es suyo el poema *Escalofríos otoñales*, cuyos versos le acabo de recitar?

No había disimulado antes; ahora sí que cae, ahora sí se acuerda... El hombre-borrador tiene razón. Sí, el poema *Escalofríos otoñales* es suyo, y el pseudónimo *Alma Sensible* y todos los demás pseudónimos también son suyos... Sin embargo, todo esto, poesías y pseudónimos, era como si se hubiera borrado en su interior, sus huellas casi habían desaparecido en su memoria. Hacía muchos años que había dejado todo tipo de actividad poética. La pelota y la poesía pertenecían al pasado.

—Tiene usted razón,— le dice al hombre-borrador. —Créame, le estaba escuchando recitar mi poema, como si me hubiera vuelto tonto. ¿No es gracioso? Pérdida de memoria... ¿No lo digo bien? Pérdida de memoria momentánea. Sí, yo fui el *Alma Sensible*, el *Valle Nevado*, el *Paisaje Lunar* y... y los demás diez pseudónimos.

—¡Por fin! Así quiero que sea, sensato... ¿Pero qué creía? ¿Que el SDEC no tiene ni idea? ¡Ja! Lo tenemos todo aquí, está fichado, *Llanura Nevada*...

—*Valle*...

—*Mercí* por corregirme. ¡Lo correcto, correcto! Pues, lo hemos reunido todo, uno por uno, todos los poemas que ha publicado en el pasado, y encima con montón de pseudónimos. Fue bastante difícil descubrir quién estaba detrás de todos estos pseudónimos. ¡En fin! Sus poemas fueron remitidos al *Subsector de Análisis Microbiológicos Sentimentales*. Los han analizado minuciosamente. ¡El resultado es muy perjudicial para usted, muchísimo! ¡Le delata absolutamente! Porque sus poemas revelan que padece de... sedimentación de espíritu rebelde. Incluso los pseudónimos que usted utilizó son reveladores. Tanto los poemas como los pseudónimos revelan melancolía crónica. O al menos, desviaciones melancólicas graves. Dónde está el entusiasmo ardiente que el ciudadano debe tener por iniciativa propia. Sea poeta o comerciante... Para que cualquier ciudadano esté en consonancia con el *Sistema*, alineado con el *Sistema*. La investigación al respecto ha mostrado que ni siquiera tiene el más mínimo entusiasmo revolucionario. En consecuencia, era de esperar que el SDEC le diera la calificación de PELIGROSO. A ver, tomemos una pequeña muestra de su poesía, el último cuarteto de "Escalofríos otoñales". Lo vuelvo a recitar:

> *El otoño cuando llega*
> *Y nos trae el chaparrón,*
> *Una profunda melancolía*
> *Piratea el corazón*

Tras la nueva recitación, trazó algunas líneas en el bloc, y siguió con el truco conocido de la goma de borrar.

—¡Melancolía!— siguió. —Sin embargo, ¿cómo es posible hablar de melancolías en un momento en que el ímpetu revolucionario del *Sistema* late a nuestro alrededor? ¡Y encima, nos presenta la lluvia como portadora de melancolía! ¡No! El ciudadano revolucionario sano acepta la lluvia como portadora valiosa de progreso, es decir, de aumento de la producción de productos agrícolas, es decir, aumento de productividad, es decir, aumento de la renta nacional...

Un pequeño descanso: uno, con sus líneas sobre el bloc y su goma de borrar; el otro, silencio.

—He pensado algo más sobre su poema *Escalofríos Otoñales*. Algo de lo que no se han dado cuenta –me temo– los expertos del subsector... Aquí tengo una fotocopia de la revista *Paz* donde se publicó. Los dos últimos versos: *Una profunda melancolía /Piratea el corazón...* Qué más ve? ¡Tres puntos! Después del corazón pone tres puntos, puntos suspensivos, como se dice. ¿Cuál es el significado de estos suspensivos? ¿Qué quería añadir y lo silenció...?

—No sé qué decirle, han pasado tantos años... Se lo aseguro. De todas formas, los tres puntos suspensivos son completamente inocentes. No esconden nada... Nada de lo que usted sospecha. Mire, quería que mi poema tuviera ampliaciones, que dejara ampliaciones....

—El problema es que todo tipo de ampliación crea problemas... Problemas para quien se atreva a dejar ampliaciones o realizar ampliaciones. Son juegos peligrosos... ¡Juegos prohibidos! Ampliaciones aquí, ampliaciones allá... El resultado es que llega el momento en que viene el SDEC y lo califica de PELIGROSO. Y sigo con la pregunta. ¿Tiene algo que declarar para su defensa?

Intentó mantener la calma, una cierta calma. Estaba a punto de desplomarse al suelo.

—Reconozco mi fallo. Ahora lo veo claro. Lo siento profundamente.

—El hecho de que tengamos una confesión espontánea facilita un poco las cosas. Tengo orden del Jefe Superior, si usted confiesa voluntariamente, de que proceda a un proceso determinado. Debo primero anunciarle, con profunda tristeza, que el *Sistema* tiene quejas horribles contra usted.

—¿Contra mí?

—Bueno, contra los escritores en general, porque se niegan a estar a disposición del *Sistema*. Se niegan a tomar posición a favor del *Sistema*. Se niegan a alinearse con el *Sistema*. En pocas palabras, niegan al *Sistema*. ¡Nos desprecian, señores! ¡Nos desprecian... y sabotean!... De todas formas, tal comportamiento de los autores contra el Sistema, está siendo investigado competentemente... ¡Y se afrontará debidamente!... Vuelvo al asunto suyo, a su asunto personal. Bueno, tengo el encargo del Jefe Superior de anunciarle a usted que usted desea entregar al SDEC una *Confesión de Fe*. ¡Estupendo! La dirección exacta es: "A SDEC Subsector de Confesiones de Fe". Y, por supuesto, desea que sea escrito a mano, no a máquina de escribir. ¡Estupendo! En relación con la confesión de fe que usted desea entregar, y que el SDEC acepta aceptar, sobra hacer hincapié en que es usted totalmente libre de redactar lo que quiera, que arde en deseo sagrado de servir con todo su corazón al *Sistema*, y que es y será con toda su alma partidario del *Sistema*, y, en general, cualquier otra cosa que decida, con absoluta libertad...

—¡Una *Confesión de Fe*!

—¿Cómo...? ¿Acaso, tiene usted dudas...?

El hombre-borrador tiene una sonrisa muy extraña. Una sonrisa que lo deja helado, al igual que la obligación de una *Confesión de Fe*. ¡Ojalá pudiera escapar de la trampa que le han preparado! ¡Ojalá pudiera negar esta negación de sí mismo!

—No puedo imaginar que tenga la más mínima duda... Pues, estamos de acuerdo sobre la *Confesión de Fe* que usted desea presentar. Y tengo que informarle de que su *Confesión de Fe* no se sentirá sola aquí, en los archivos del SDEC. Tendrá compañía de primera clase. Porque son muchos los que han deseado presentar una Confesión de Fe, y el SDEC acepta aceptar la realización de su deseo. Muchos y selectos le acompañarán en los archivos del SDEC. Un montón de académicos han venido corriendo con el deseo de presentar una Confesión de Fe. ¡Y no le digo lo que pasa con los profesores de Universidades y Escuelas Superiores! Estamos llenos. ¿Me entiende? ¡Estamos llenos! Además, son muchos los que se apresuran a presentar una *Confesión de Fe*, antes de que se la pida el SDEC... Quiero decir, se apresuran a presentarla incluso antes de desear presentarla. ¿No es conmovedor?

—Es... Por supuesto que lo es...

—Enhorabuena. Parece que vamos bien, ¿no? Sabe usted, me cae bien. Sí, me cae bien. ¿Por qué esconderlo? Diablos, ha pedido un pasaportito por primera vez a sus 51 años. Hace poco, cuando le he anunciado la orden del Jefe Superior del Subsector, he tenido miedo por si acaso dudaba de desear presentar una *Confesión de Fe*. ¿Pero cómo podría usted convertirse en una falta de ortografía?

Se sentía mal. Un apretón en el pecho, una preocupación resbalaba, resbalaba muy abajo, sabía muy bien que estaba cayendo muy bajo, le daba asco de sí mismo.

—¿Puede pensar en convertirse en una falta de ortografía?

—¿Falta de ortografía, yo? ¡Qué está diciendo usted! ¡Nunca! Tengo que escribir la *Confesión de Fe* ahora mismo. ¿Puedo escribirla aquí en su despacho? Me atrevo a rogar...

El hombre-borrador no sólo aceptó, y con mucho placer, su petición, sino que además le entregó dos carpetas grandes. Subió a la silla y las sacó del archivador.

—¡Aquí tiene! Todo a su disposición. Papel, bolígrafo... Las dos carpetas contienen *Confesiones de Fe* de personas distinguidas, de vips. Elija el texto que quiera, el que sea de su gusto, y cópiela. Puede elegir dos, tres o más, y confeccionar una mezcla. Se entiende que tiene que poner sus datos, nombre apellidos etc. y la fecha de hoy, 26 de mayo.

Se sentó en un rincón del despacho, empezó a hojear las carpetas. ¡Vaya! ¡Qué hay por aquí! Nombres de peso, un montón. Está mareado. En cuanto a la mezcla, no, no la necesitó. Porque descubrió lo ideal en una sola *Confesión de Fe*, de un profesor de la Facultad de Filosofía y Letras de la Universidad. ¡Increíble! ¡Mucha dulzura y empalago a favor del *Sistema*! La copió toda, palabra por palabra, y se sintió aliviado.

—¡Estupendo!— dijo el hombre-borrador cuando leyó el texto que le entregó. ¡Esto es perfecto!

—¿Y... ahora?

—¿Qué ahora?

—O sea... Quiero decir... No, no quiero decir, sólo un pensamiento... es decir, ¿sobre el pasaporte?

—¡Una cosa no tiene que ver con la otra! ¡No puedo prometer nada! Su pasado y la *Confesión de Fe* se entregarán al Jefe Superior. Pase mañana por la mañana, y ya veremos...

Jueves, 27 de mayo. Hora 11.30. En el 901.

—¡Buenos días!— le dio la bienvenida el hombre-borrador.

Tanta cordialidad le dio alas.

—¿El tema se acabó?

—¿Se acabó? En absoluto. No se acabó nada... Todavía no se ha acabado.

La *Confesión de Fe* ha seguido su curso. Ha pasado de subsector a subsector y, finalmente, ha llegado al Jefe Superior. Su mandato está claro. Para que se reconsidere su caso, se necesita algo nuevo: un poema. Un poema suyo, recién escrito. Escribirá un poema, rápidamente. ¡Al fin y al cabo, usted tiene tanta experiencia sobre poesía! Con la diferencia de que su nueva creación será un poema original suyo para el *Sistema*. Expresará allí lo que siente hacia el *Sistema*. Lo mismo que hizo con la *Confesión de Fe*, sólo que esta vez lo hará con métrica. Mañana, a las 11.30 su poema estará en mis manos. Si lo aprueba el Jefe Superior, entonces, de acuerdo con todo lo que se ha programado para su caso, pasado mañana, sábado 29 de mayo, hora 20.30, se presentará en televisión.

—¿Qué ha dicho?

—En el programa "La Musa Popular para el *Sistema*", el cual –debe saberlo– se transmite todos los sábados, de 20.30 a 21.30. Programa en directo, los espectadores lo disfrutan al mismo tiempo que se desarrolla en el estudio, y es transmitido por todos los canales a la vez. Participan –debe saberlo– gente como usted, gente corriente del pueblo, pero lo que ocurre es que tienen inquietudes artísticas, uno en poesía, otro en prosa, otro en canción corta, otro en danza, otro… Estoy seguro de que entiende perfectamente el gran honor que supone ser invitado a participar en el programa "La Musa Popular para el *Sistema*". Esta participación suya se tendrá debidamente en cuenta en la valoración de su asunto personal.

—Quiere decir la concesión de…

—Quiero decir exactamente lo que usted quiere decir: la concesión de…

—¡Bien! ¿Tiene usted alguna pregunta? ¿Alguna duda?

Él no respondió. Hubo un momento de silencio en la oficina 901. Sólo se escuchaba el lápiz negro que trazaba líneas en el bloc y la goma de borrar, que se apresuraba a borrarlas.

—¡No tengo ninguna objeción, no! Haré un esfuerzo. Mire, el problema es que no he escrito nada desde hace muchos años…ni un verso. Ahora tengo que escribir un poema completo en 24 horas. No sé, me parece difícil, muy difícil… No lo he hecho nunca…

—¡Venga, hombre! ¡No dramatice las cosas! De todas formas, ¡cómo son los poetas…! Lo ven todo negro. Lo hará bien. Con un poco de buena voluntad, con un gran esfuerzo… ¡Apriete, *Alma Sensible*! ¡Apriete…!

—Sí, apretaré. Se lo prometo que apretaré…

—¡Genial! Una vez que estamos de acuerdo con el principio, permítame recordarle el contexto en que desea desarrollar su poema. La base es el *Sistema*. ¿Me comprende? Es como el equipo que tiene asegurado en las apuestas de fútbol. Basado en el equipo asegurado, se abre al juego, hace todas las combinaciones que quiera. Lo mismo quiere que suceda con su poema. Basado en el *Sistema*-asegurado, se abre en varias combinaciones. *Sistema*: todo para el *Sistema*. *Sistema*: silencio, orden, seguridad. *Sistema*: disciplina en todos los sectores. *Sistema*: la nueva generación alineada con el *Sistema*. *Sistema*: aumento de producción. *Sistema*: aumento de productividad. *Sistema*: aumento del ingreso nacional. *Sistema*: desarrollo de proyectos de mejoramiento territorial. *Sistema*: desarrollo de proyectos hidroeléctricos. *Sistema*: desarrollo del desarrollo. En resumen, aquí están los márgenes libres dentro de los cuales su inspiración quiere moverse libremente. Se los recordé solo para que los tuviera frescos. ¡Oh! ¡Casi lo olvido! ¿Dónde nos habíamos quedado? *Sistema*: desarrollo del desarrollo. Continúo. *Sistema*: desarrollo del fútbol.

—¿Del fútbol?

—¡Claro! ¡Del fútbol! El *Sistema* tiene máximo interés en el fútbol, debe saberlo. Hay una razón para estar interesado… ¡una razón muy seria…! En su poema, también quiere enfatizar el rápido desarrollo del fútbol bajo la sombra beneficiosa del *Sistema*; no, la "sombra" se elimina, no ponga "sombra", busque otra cosa. De hecho, su poema, enriquecido con fútbol, será también muy actual. Porque el día siguiente al del programa, es decir, el domingo 30 de mayo –debe de saberlo– se juega la final del campeonato entre el *Agón* y el *Tifón*, la cual se verá honrada, como siempre, por la plana mayor del Sistema. Bueno, nos vemos mañana por la mañana, a las 11.30.

—Quería hacerle una pregunta...

—¡Por supuesto!

—Sabe, es una pregunta...

—¡Venga! ¡No dude!

—Ya que no puedo prevenir exactamente cómo me vendrá la inspiración... Quiero preguntar si un poema en verso libre, también, está aceptado... si está permitido... o debe tener necesariamente métrica y rima...

El hombre-borrador rió. La risa seca que solía utilizar de vez en cuando. Luego fue y se paró frente a él, lo golpeó protectoramente en el hombro, le agarró la barbilla por el hoyuelo, y la levantó.

—¡*Alma Sensible*...! Por supuesto que está permitido el verso libre. Pero, ¿qué cree que pasa aquí, *Alma sensible*? ¿Qué cree que pasa aquí...? Bueno, ¡por supuesto que aquí no se hace lo que se acostumbra en los regímenes totalitarios!

—¡Muy, muy bien! Primero, el título: *Rapsodia S.*, es decir, *Rapsodia a favor del Sistema*. Y luego el poema, el poema completo.

Entusiasmado el hombre-borrador, vuelve a leer en voz alta algunos versos:

> *El Sistema es uno*
> *El Uno es uno*
> *El Sistema es uno*
> *El Sol es uno*

La Luna es una
El Sistema es uno
La vida es una
La muerte es una
El Presupuesto Estatal es uno
El campeonato de fútbol es uno
El Agón es uno
El Sistema es uno

Está trazando líneas en el bloc con el lápiz negro, y por primera vez no las borra con la eterna goma de borrar.

—¡Genial! ¡Muchísimas felicidades! El *Sistema* le dio una inspiración maravillosa... El *Sistema* le inspiró... gracias al *Sistema* redescubrió su ritmo poético...

—Sólo hice un esfuerzo...

—¡No sea tan modesto! Su creación es muy impresionante. Mientras lo estaba leyendo en voz alta, mientras que lo estaba recitando, he sentido una emoción tan profunda, como una descarga eléctrica. Debe de haber visto mi emoción pintada en mi rostro. ¡Bueno! Mañana por la noche, sábado 29 de mayo, a las 20.30, lo veo como una estrella de televisión. Sólo que su poema debe ser revisado por el Jefe Superior de Departamento. Le ruego que espere un momento en el pasillo. Volveré pronto.

Ambos salieron. El hombre-borrador cerró la oficina, se perdió en el fondo del pasillo. En diez minutos regresó, abrió y de nuevo se encuentran ambos en el 901.

—Estamos bien. El Jefe Superior de Departamento está totalmente de acuerdo. Pero, tiene una observación. Mire, aquí dice:

La muerte es una
El Sistema es uno

Empezó a toser, no pudo continuar. Tras un minuto añadió:

—Lo siento. Cuando empiezo a toser… Vuelvo al tema. De estos dos versos, el primero debe ser borrado. Suena un poco… un poco raro. Es decir, como está exactamente antes del siguiente verso… En consecuencia, para evitar cualquier malentendido, el primer verso se elimina.

Se quita el pañuelo del cuello, se seca el sudor de la frente, debajo de los ojos, detrás de las orejas, de la raíz de la nariz, de la barbilla, del hoyuelo de la barbilla. Y con mucho cuidado, para que no se estropee el maquillaje. Es la primera vez que se encuentra en un estudio de televisión. Frente a los proyectores, las cámaras… Como es su primera vez, por supuesto que tiene bloqueo. Por un lado, el bloqueo, por otro lado, el calor; es natural sudar la gota gorda.

Sábado 29 de mayo, 20:26 avisa el reloj electrónico. El programa *Cómo construir, cómo organizar, cómo dirigir y cómo controlar el mundo emocional del niño, especialmente desde la infancia, para que su mundo emocional se integre plenamente en el marco de la Disciplina Emocional, cuya planificación e implementación están plenamente garantizados por el Sistema,* sigue transmitiéndose.

A medida que se acerca el momento, el bloqueo se vuelve más fuerte. También es el maquillaje; le parece extraño el modo en que lo han embadurnado. ¡Coraje! Dentro de poco todo habrá terminado. Entre 20:30 y 21:00 es el programa "La Musa Popular para el Sistema", que tiene como final su propio poema.

Antes de ir al estudio, todos los que participan en el programa de esta noche fueron reunidos en una sala y recibieron instrucciones detalladas: sobre el orden de su aparición, cómo pararse frente a los micrófonos, cómo moverse, y cómo no moverse.

20:29. Ponen publicidad: la mejor loción para después del afeitado, el mejor desodorante en spray, el mejor abrillantador líquido de parqué...

20:31. El responsable de la presentación del programa:

"Queridos espectadores, ¡buenas tardes! Primero, queridos espectadores, permítanme anunciarles que continúa sin cesar y en gran cantidad el envío espontáneo de telegramas espontáneos, a través de los cuales miles y miles de clubes, asociaciones, cooperativas, federaciones, confederaciones y, en general, todo tipo de grupos organizados de ciudadanos etc.... felicitan espontáneamente al *Sistema* por la emisión, desde el 14 de marzo pasado, del programa *La Musa Popular para el Sistema*. Son realmente conmovedoras estas expresiones espontáneas populares, que demuestran el impacto espontáneo que tiene el programa en la mayoría de las clases del pueblo. El programa, digo, que se creó de manera espontánea, es decir, después de la planificación, el estudio y la orden del Sistema, para que el pueblo disponga de un medio a través del cual expresar libremente sus inquietudes artísticas. Es humanamente imposible mencionar a todos los remitentes espontáneos de telegramas espontáneos. Y ahora, queridos espectadores, vamos a pasar al programa de esta noche, en el que, como siempre, participan de manera espontánea representantes seleccionados de la Musa Popular, desconocidos hasta ahora por el gran público. El menú artístico que les ofreceremos esta noche es, por orden de aparición, el siguiente:

1. Dúo vocal de dos señoritas, acompañadas por el violín de un artista violinista. La pieza se llama *Galope hacia el Progreso*; los versos y la composición musical se deben, por igual, a las dos señoritas artistas.

2. Número teatral bajo el título *Amor y Productividad*.

3. Espectáculo de danza titulado *Pétalos de rosa para el Sistema*, realizado por un ballet de siete miembros entre señoras y señoritas.

4. Poema épico-lírico titulado "*Rapsodia S.* – es decir *Rapsodia a favor del Sistema*".

Se detuvo un momento, miró algunos papeles mecanografiados que tenía y continuó:

"Antes de la ejecución de cada pieza del espectáculo de esta noche, comunicaré a la audiencia el nombre, el apellido y el nombre del padre del artista, de cada artista, y cuando se trate de artistas casadas, en lugar del nombre del padre comunicaré a la audiencia el nombre del marido. Comenzamos con el dúo vocal *Galope hacia el Progreso*".

20:38. Mientras que las señoritas y el violinista con el violín intervienen, él saca su poema del bolsillo de su chaqueta y lo lee con mucha atención. Por supuesto que lo ha memorizado, pero frente al micrófono lo leerá del manuscrito. ¡Solo faltaría que cometiera el más mínimo error! Pues, mejor asegurarse.

Al levantar los ojos del manuscrito, ¡una sorpresa! Ahí, frente a él, en la ventanilla de control, junto a los técnicos que están siguiendo el programa, el hombre-borrador ha tomado su lugar, inesperadamente… Lo ve haciéndole señas a través del vidrio cerrado, haciéndole señas con movimientos nerviosos, como para decirle "¡Espera!" o algo así. ¿Qué está pasando? En menos de treinta segundos, la puerta del estudio se entreabre; el hombre-borrador está ahí ahora, le está haciendo señas de que salga al pasillo. Caminando de puntillas, lo más silenciosamente posible, cruza el estudio.

—¡Estamos perdidos! dice el agente del SDEC, jadeando. ¡Estamos perdidos! Es decir, todavía no nos hemos perdido, no obstante, nos vamos a perder. Quiero decir que nos habríamos perdido ya si no hubiera llegado a tiempo… ¿Dónde está la *Rapsodia S.*? ¡Rápido!

—No era mi turno… Aquí está el poema. Yo cerraré el programa, estoy inmediatamente después del espectáculo de danza.

El hombre-borrador apoya el papel sobre su rodilla y, en el verso El *Agón es uno*, borra el *Agón* y escribe *Tifón*. Y dice:

—¡Ahora estamos bien! Si no hubiera llegado a tiempo, las cosas hubieran sido muy desagradables. ¿Me entiende?

—No...

—Bueno, ¿no ha visto los periódicos de la tarde? ¿No ha escuchado la radio, la televisión? En fin, ¿no se ha enterado de lo que ha pasado? ¿Nada?"

—Nada...

Del bolsillo trasero de sus pantalones, el hombre-borrador saca un periódico.

—Aquí, tengo la *Bandera Vespertina*, aquí. Estoy leyendo el anuncio oficial:

Por decisión extraordinaria del Sistema, la asociación de fútbol de Agón *se disolverá inmediatamente por desviarse de sus fines, de tal manera que será considerada* PELIGROSA *para el orden público y los intereses nacionales. Consecuentemente, se cancela el encuentro final para el campeonato nacional de fútbol, programado para mañana domingo, 30 de mayo, y, a su vez, se proclama al* Tifón *equipo campeón, de pleno derecho.*

—No entiendo...

—Es mejor que uno no entienda nada que preguntar mucho. Ya lo hemos dicho... Bueno, ¡se acabó el *Agón*...! ¿Estamos de acuerdo? Cuando llegue a este verso, lo leerá de la forma en que lo he cambiado, es decir, dirá: El *Tifón* es uno.

Saca sus cigarrillos, toma uno, sin encenderlo, y continúa.

—Un pequeño cambio. Un cambio insignificante. Una palabra se elimina, otra se añade. No importa si es del *Agón* o del *Tifón*... Vaya rápido al estudio, dentro de poco es su turno. ¡Creo que no es necesario precisar que esta es una decisión del *Sistema*! ¡Se trata de una orden! ¡Una orden de arriba! ¡De muy arriba!

Deja al hombre-borrador en el pasillo y, en el momento en que abre la puerta del estudio, lo ve acercándose a él de nuevo.

—Como le dije ayer en mi oficina del SDEC, pasado mañana, lunes 31 de mayo, a las 8 de la mañana, recibirá del *Servicio de Pasaportes* lo que tanto desea… su pasaporte. Esta es la orden del Jefe Superior de Departamento, que se le conceda el pasaporte.

20.44. En el estudio, en su silla, esperando recitar su poema.

Ya ha comenzado el penúltimo número, el espectáculo de danza *Pétalos de rosa para el Sistema*. Las siete bailarinas están danzando, con movimientos muy sexis. En el centro se ha instalado un artilugio, algo a modo de altar, con el emblema oficial del *Sistema*. Las bailarinas, de trajes verdosos, cada una con su cesta llena de pétalos de rosa, rocían cada vez más el altar de flores. Sus ojos se percatan de un pequeño agujero en la malla de la más gordita de las siete. En el muslo izquierdo, arriba. Su mirada se queda fija allí. Mientras la bailarina salta de un lado a otro, él la sigue con la mirada.

Se inclina hacia su manuscrito. Se acerca el momento en que estará frente al micrófono. "…la asociación de fútbol de *Agón* se disolverá inmediatamente por desviarse de sus fines de tal manera que será considerada *PELIGROSA* para el orden público y los intereses nacionales". "Es mejor no entender nada que preguntar mucho". "¡Esto es una orden! ¡Una orden de arriba! ¡De muy arriba!" "Un pequeño cambio. Un cambio insignificante. Una palabra se elimina, otra se añade. Da igual *Agón* o *Tifón*…"

"¡Yo soy del *Agón*!". Si se amolda a lo que le dijo el hombre-borrador, si se amolda a la orden y dice "¡El *Tifón* es uno!", es como si dijera, precisamente, "Yo soy del *Tifón*!" Pero, ¿cómo puede decir eso? ¿Cómo puede negar a su equipo? ¿Cómo puede traicionar un amor de su infancia? Un amor que perdura desde niño, desde la mítica época en que era niño... Ahora siente que está a la búsqueda del tiempo perdido de su universo infantil, cuando el *Sistema* no existía, cuando cada chiquillo y no chiquillo era libre de ser del *Agón* o del *Tifón* o del *Agón* pasarse al *Tifón*, pero con conciencia libre, y del *Tifón* cambiarse al *Agón*, también con conciencia libre. Cuando tuvo la convicción de que el mundo sería para siempre como aquel de su infancia, que cuando creciera, seguiría siendo libre de ser fanático del equipo de fútbol que le gustara o de la idea que lo emocionara. Creía todo eso entonces, cuando no sospechaba qué tipos de ataduras los hombres forjan para los hombres...

20:51. El espectáculo de danza *Pétalos de rosa para el Sistema* continúa. Las siete bailarinas siguen el meneo. ¿Qué diablos son estas cestas? ¿Son mágicas? ¿Se trata de prestidigitación? ¡Cuántos kilos de pétalos de rosa caben, y nunca se agotan! Siguen arrojando pétalos de rosa sobre el emblema del *Sistema*, este emblema al que ve como un tótem monstruoso. La malla verdosa seguía mostrando su agujero… Sus ojos lo están vigilando, va y viene según los desplazamientos de la gordita. En la ventanilla de control ve a uno de los técnicos haciéndole señas con complicidad; parece que se percató de que escrutaba con curiosidad a la bailarina y lo ha malentendido.

El techo parece venírsele encima y con él, y con vertiginosa velocidad, sus propios pensamientos, emociones, sensaciones, intuiciones, recuerdos, imágenes que ha vivido o que cree haber vivido, voces que ha oído o que cree haber oído, diálogos que se han producido o que da por tales; todo dentro de él se está fragmentando, todo está hecho de muchas y muy pequeñas piezas, un mosaico increíble.

"¡Yo soy del *Agón!*" ¡Cómo podría imaginar entonces que un Sistema llegaría a controlarlo todo, hasta el último detalle! ... ¡Cómo podría imaginar entonces que la Humanidad de los humanos se convertiría en una humanidad de Sistemas! Un Sistema aquí, otro Sistema allá, otro en el vecindario de abajo... ¡Maniquíes de mujeres afortunadas, maniquíes de hombres afortunados... ¡De todos modos, afortunada esta Humanidad de maniquíes! MANIQUÍES CON PASAPORTE. Pero, él también obtendrá su pasaporte, completamente suyo, e inmediatamente lo pondrá en el estuche de piel para protegerlo de los daños. "El lunes 31 de mayo a las 8 de la mañana, lo recibirá del *Servicio de Pasaportes...*" Orden del Jefe Superior de Departamento para que se le entregue el pasaporte". Ahora todo está fijado, todo está arreglado, todo está regularizado. "No importa si es del *Agón* o del *Tifón...*". "¿Estoy loco para volverme loco?". "Ha dado las dos fotos pequeñas...". "Sobre un fondo neutro". ¿Para qué diablos necesitan estos proyectores que están cegándole? ¿Por qué la televisión no funciona sin proyectores? ¿Por qué la televisión no puede ser menos inhumana, sin estos cegadores proyectores de interrogatorio, tiránicos, de este SDEC o de otro SDEC? Cuando tenga un poco de tiempo libre, construirá una televisión sin proyectores de interrogatorio en tercer grado.

¿Construirá una Humanidad sin proyectores de interrogatorio en tercer grado? "¿Estoy loco para volverme loco?" La juventud tiene la locura de los dieciséis años, de los veinte años. "¡Estamos perdidos! Por mejor decir, no estamos perdidos todavía, pero nos vamos a perder". "Yo soy del *Agón*". "¡Creo que no es necesario precisar que se trata de una decisión del *Sistema!*¡Se trata de un mandato!¡De un mandato desde arriba!¡Desde muy arriba! ¡Yo soy del *Agón!*". Quizás está bromeando; ya no existe el *Agón*, fue eliminado del mapa. "El club de fútbol *Agón* fue disuelto inmediatamente porque se desvió de sus objetivos de una manera PELIGROSA para el orden público y los intereses nacionales". El SDEC calificó también al *Agón* como PELIGROSO. "¿Estoy loco para volverme loco?" "Sobre fondo neutro". Hazte, entonces, neutro para que consigas sobrevivir. "Que Agón, que Tifón". Lunes 31 de mayo por la mañana tomará el pasaporte, y entonces su sueño, un viajecito al extranjero, se hará realidad; partirá con un pequeño retraso, nada del otro mundo. Martes 1 de junio hora 10:40, el despegue. "Tengo el presentimiento de que en el viaje cogeré unos dos kilos por el cambio de ambiente, se me abrirá también el apetito". ¡No bromea el *Sistema*: si te identifica y te pierdes en sus engranajes, estás perdido! Si no hubiera hecho la *Confesión de Fe* no se sentiría ahora como se siente; desde el momento en que escribió y firmó, y entregó al SDEC la *Confesión de Fe,* no puede calmarse. "¿Loco soy yo para volverme loco?". "Un montón de académicos desearon entregar corriendo la *Confesión de Fe*. Ni te cuento lo que pasa con profesores de Universidad y Facultades Superiores". Qué tiene que ver él, un simple auxiliar administrativo, qué tiene que ver él con los vips. No tendría que haber aceptado entregar la *Confesión de Fe*, qué vergüenza. ¡Qué gran vergüenza! Lunes 31 de mayo, 8 de la mañana, le entregarán el pasaporte; ahora todo está regularizado, todo ordenado, todo hablado. "Que *Agón*, que *Tifón*", "sobre fondo neutro" dos pequeñas fotografías; las fotografías sí, en fondo neutro; la persona no, nunca jamás; la conciencia del hombre no puede ser colocada "sobre fondo neutro"; la conciencia no es neutra, no puede ser neutra, no puede quedar neutra ante todos los sufrimientos de los hombres por los hombres.

> *Una profunda melancolía*
> *piratea mi corazón...*

Entonces, ¡sí! Los tres puntos después del corazón tienen un significado, transmitir un mensaje, difundir que los hombres son libres de sentir melancolía cuando llueve o cuando no llueve, o sentir cualquier cosa que sienten sin dar explicaciones a nadie; los tres puntos después del corazón son las extensiones secretas, es la extensión de la libertad. "¡Yo soy del *Agón!*" "¡Yo soy del *Agón!*"

20.53 El presentador al micrófono:

"A continuación, queridos espectadores, la última parte del programa de esta noche, el epico-lírico poema *Rapsodia S*, es decir, *Rapsodia a favor del Sistema*. Nuestro poeta es auxiliar administrativo en la Industria de Detergentes *La Decencia* y..."

En la ventana de control ve de nuevo al hombre-borrador; así que todavía no se ha ido, así que está aquí todavía, así que está siempre aquí, para vigilarlo, para controlarlo, para estar seguro de que el auxiliar administrativo de la Industria de Detergentes *La Decencia* hará de manera impecable el mandato del *Sistema*. "¡Aprieta. *Alma Sensible*. Aprieta!" "Aquí donde escribe:

> La muerte es una
>
> El Sistema es uno

De estos dos versos, el primero tiene que irse. Suena un poco... un poco raro así como está antes del verso siguiente".

El hombre-borrador está pegado a la ventana de control y lo está mirando a los ojos, lo está mirando a los labios que pronto recitarán la *Rapsodia S.*, es decir, *Rapsodia a favor del Sistema*; sus labios recitarán el poema entero, entero y corregido, y, en el segundo punto, dirán:

> *El* Tifón *es uno*

"Que *Agón*, que *Tifón*". "¿Estoy loco para volverme loco?" "¡No bromea el *Sistema*; si te identifica y te pierdes en sus engranajes, estás perdido!" "¿Estoy loco para volverme loco?" ¡Sí, estoy loco!

Esta voz secreta la siente de repente dentro de él, brinca dentro de él, rompe sus cadenas dentro de él.

"Estoy loco, sí, loco como los jovenes de dieciséis años, de veinte años. Soy joven yo también; quién se atrevió a decir que no soy joven: joven de 51 años, 51, y loco. Y ahora tengo que hacer una *Confesión de Fe*, otra *Confesión de Fe,* que es la más original y la más profunda que guardo en mi alma, porque el *Agón* es uno en todas partes y siempre; el *Agón* es uno para que no se borre del alma del hombre la pasión por la libertad y para que esta humanidad se vuelva menos inhumana".

"Y después de la breve presentación de nuestro poeta, queridos espectadores, le cedo la palabra. Como ya os mencioné, su poema tiene por título *Rapsodia S.*, es decir, *Rapsodia a favor del Sistema*" y, como enseguida podrán ver o mejor escuchar, el corazón del poema es el verso:

El Sistema es uno

Este verso se repite varias veces y sobre dicho verso se ha construido la creación poética en su conjunto. Nuestro poeta al micrófono".

Él, delante del micrófono, diana de los proyectores y también de las cámaras; despliega el manuscrito, mira a los ojos al hombre-borrador en la ventana de control. Otra *Confesión de Fe* que es la más original y la más profunda que se guarda en su alma. Despliega el manuscrito, luego lo rasga en dos, lo rasga en cuatro, lo rasga en ocho y dice:

Uno es el Agón.

Y por segunda vez:

Uno es el Agón.

Y por tercera vez:

Uno es el Agón.

La última travesura

Las detenciones se hicieron anoche, pasada la medianoche. Muy lógico esto: las detenciones, que aspiran a a obtener rango de "calidad" dentro de la riquísima tradición del sector de detenciones, se practican siempre en todo el mundo muy avanzada la noche o en las primeras horas de la mañana. Porque también forma parte del truco el hacerte levantar violentamente de tu cama en el momento en que estás inmerso en el dulce sueño de los justos o en un "igualmente" tierno abrazo e insistes en hacer no la guerra sino el amor. Y por supuesto tiene otro sentido la detención cuando te sorprende vistiendo tu pijama o blusón o *baby doll* o nada. Tiran de ti sin afeitar, despeinado, adormilado, con tu peor imagen.

La verdad es que anoche las cosas pasaron, en cierto modo, de otra manera. Todos los detenidos, hombres, mujeres, niños (incluso los bebés) parecían perfectos. Todos fueron detenidos vestidos de domingo, bien peinados, bien planchados, con rayas de pelo niveladas. Sin embargo, lo cierto y verdadero es que los detuvieron.

Los innumerables linces de los que dispone el *Servicio Secreto de Sana Programación de la Sociedad Consumidora* descerrajaron muy fácilmente las puertas cerradas, forzaron sin esfuerzo las ventanas cerradas, se introdujeron sin dificultad en casas y negocios y fábricas y laboratorios y almacenes y hospitales y clínicas, prorrumpieron en plantas bajas, sótanos, entrepisos, áticos, azoteas, sin dejar de lado, por supuesto, las plantas intermedias. En una palabra, se introdujeron por todas aquellas partes que resultaban obvias o sobre las que había informaciones confidenciales de delatores o simplemente sospechas de dónde estarían aquellos que tenían que ser detenidos. Ser detenidos de cualquier manera, costara lo que costara, en una sola noche, la noche del 17 al 18 de enero.

En toda la ciudad, el número de detenciones alcanzará, al menos, las 34.150. Todavía no ha sido emitido un comunicado oficial y no se excluye que sean muchas más. Tampoco hay datos del número total de los que, simultáneamente, fueron detenidos tanto en la capital como en el resto de ciudades, villas, pueblos, y aldeas.

Hay que hacer hincapié en que esta vez las detenciones se desarrollaron con orden ejemplar, tanto por parte de los detenidos como por parte de los efectivos desplegados, los cuales, con su conocida honestidad, trabajaron para el *Servicio Secreto de Sana Programación de la Sociedad Consumidora*.

Ninguna resistencia de los detenidos y ninguna agresión de la otra parte (fue, por supuesto, inevitable apretarles a los sospechosos en el pecho o la barriga, a menudo con fuerza, para verificar que se trataba de la persona correcta). Exponente del orden ejemplar es que, por cada detenido los efectivos entregaban a los suyos o dejaban *in situ* prueba de detención numerada y firmada.

Sin embargo, todo el espectáculo, en la helada noche de enero, resultó melancólico. Los aproximadamente 34.150 detenidos en nuestra pequeña ciudad fueron cargados indistintamente en coches, camiones, camionetas e incluso triciclos y eran llevados quién sabe dónde. Lamentos plañideros y sollozos sofocados y lágrimas como ríos y pañuelitos que aleteaban, y mantos que aleteaban, acompañaban, pero desde lejos, a aquellos que inesperadamente fueron detenidos; y todo esto mezclado con perros que ladraban a todo volumen y se enredaban entre las piernas de las personas, y con acelerones y emisiones de coches y triciclos que por la helada no arrancaban fácilmente.

Así, los 34.150 hombres, mujeres, niños (y bebés), bailarinas, lavanderas, marquesas, marqueses, astronautas, pescadores, pilotos, vips, muñecas, tiroleses, tirolesas, secretarios-taquimecanógrafos, señoras sin impertinentes, payasos, *pierrotes*, matadores, mecánicos de coches, mecánicos de aviones, cosacos, caballeros de todo tipo, y un montón más, de varios orígenes y profesiones. Los 34.150, apelotonados en los camiones, camionetas y triciclos, sin más distinciones de clase social, fueron todos detenidos y llevados a un destino desconocido. Cuando los detuvieron, no les dijeron nada, no les dieron ninguna explicación. De todas maneras, las 34.150 detenciones no se hicieron para nada bueno.

Pero las cosas se aclararon en breve, en la misma noche. A las 4:12 la emisora central de radio de la capital, que se escucha también en nuestra ciudad, como en todo el país, empezó a transmitir noticias de última hora (las emitieron ininterrumpidamente hasta la mañana, cuando los periódicos salieron y trataban la noticia en la última página).

El *Estado Mayor* de *Sana Programación de la Sociedad Consumidora* anuncia lo siguiente:

"Para la ejecución del decreto del Jefe del *Estado Mayor* de *Sana Programación de la Sociedad Consumidora*, recibido inesperadamente en la medianoche del 17 al 18 de enero, se procedió en todo el territorio nacional a una operación de detención de todas las muñecas hablantes[1] para que sean sometidas urgentemente, es decir dentro de las próximas 24 horas, a una intervención quirúrgica consistente en la extracción del mecanismo maligno del habla y su sustitución por uno nuevo que se ajuste completamente a los estándares de *Sana Programación de la Sociedad Consumidora*,

---

[1] Es conocido que el Estado Mayor de *Sana Sociedad Consumidora* tiene, al menos, un talón de Aquiles y éste es la sintaxis.

al objeto de implantar desde la infancia en el ciudadano el respeto y la dedicación ciega a los nobles ideales de consumo y, por consiguiente, desde la infancia, fomentar y desarrollar una educación cívica sobre bases sanas".

Esta operación tuvo un éxito total. Todos sus objetivos fueron logrados.

Por cada detención se entregaba comprobante numerado y firmado a quienes les fueron sustraídas las muñecas; en el caso de tiendas, fábricas, laboratorios y almacenes que no se encontraban en funcionamiento debido a las altas horas de la noche, los correspondientes comprobantes de detención se colocaron en el cajero o en algún otro punto adecuado.

No cabe duda de que lograron su imposición de que las muñecas se alinearan al ritmo de desarrollo de *Sana Sociedad Consumidora*. No podían tolerarse los antiguos mecanismos para hablar y cruzar monólogos o pretendidos diálogos en lugares públicos y privados como si fueran diálogos de muñecas, atentando contra la filosofía que debe regular una *Sana Sociedad Consumidora*. Así, por ejemplo, monólogos o pretendidos diálogos perniciosos como los siguientes:

"Yo me vuelvo loca por las travesuras. ¿Quieres que hagamos travesuras?"

"A mí me gusta sólo jugar".

"Yo no quiero ser mayor, quiero ser siempre así, un niño".

"He visto dónde esconde mamá las llaves del aparador".

"Ven que comamos dos cucharadas de guinda confitada".

"Escondí un guante de papá y todavía está buscándolo".

Ese tipo de textos controvertidos grabados en casetes, quedan ahora eliminados por equipos especializados y se reemplazan por otros sanos para el consumidor.

De todas maneras, a los poseedores en el territorio nacional de muñecas equipadas con el mecanismo de habla antiguo y que no se vieron afectados por la detención, se les conmina a ir enseguida a entregarlas a la sucursal más cercana del *Estado Mayor de Sana Programación de la Sociedad Consumidora*. Contra los posibles infractores de dicha orden se tomarán medidas inmediatas y contundentes. En las últimas 24 horas el equilibrio de las muñecas se invirtió totalmente. Casas y negocios y fábricas y laboratorios y almacenes y los niños que estaban enfermos en hospitales y clínicas, todos reencontraron sus muñecas. Las volvieron a encontrar, sí. Pero bien diferentes. Una nueva era empezó para las muñecas hablantes aquí en nuestra pequeña ciudad, en la capital y en las restantes ciudades, en las villas, en los pueblos, en las aldeas. Ahora, los nuevos monólogos, cuasi diálogos, eran:

"¡Voy a volverme loco de alegría! ¡Nueva subida de la renta *per capita* nacional, y qué subida! ¡Un 9,5%!"

"¡Buenos días, chiquilla! ¡Hoy tengo grandes noticias: la reserva de divisa de los bancos se cuadro… se cuadruplicó! ¿Has visto? De la alegría, se ha trabado mi lengua".

"¡Anda! ¿Qué nos dices? Si vosotros habéis adquirido una nueva refinería, nosotros estamos hartos de refinerías. ¡Tenemos tantas...! ¿Quieres que te regale una?"

"¿Usted tiene un alto horno? ¡Nosotros tenemos un montón!"

"Yo quiero ser mayor rápidamente, para convertirme en un buen ciudadano de la *Sana Sociedad Consumidora*".

"Yo quiero ser mayor rápido para contribuir al aumento de la productividad".

—Helenita mía, ¿por qué no eres prudente? ¡Venga, pequeñita mía! ¿Quieres que me echen de mi trabajo por culpa de tu muñeca? ¿No entiendes?

Silenciosa, la pequeña Helena, con sus seis abriles, tiene sus ojos castaños ¡taaannn abiertos!

Al padre, que suplicaba, le sucede la madre.

—Helenita mía, mi chiquilla de oro, ¿qué pasará si nos descubren? Tarde o temprano nos descubrirán, nos encontrarán. Ellos tienen máquinas que dan con todos los ilegales, con todas las muñecas ilegales. Helenita mía, ¿no lo entiendes?

Silenciosa, la pequeña Helena, con sus seis abriles, tiene sus ojos castaños ¡taaannn abiertos!

Y, de nuevo, el padre:

—¡Escúchame, Helenita! ¿Por qué no quieres dar tu muñeca para que le pongan una nueva voz...? Una voz hermosa, completamente nueva... Que diga palabritas hermosas, completamente nuevas, como aquellas señoras hermosas, completamente nuevas, que hablan en la televisión. ¿No entiendes?

Silenciosa, la pequeña Helena, con sus seis abriles, tiene sus ojos castaños ¡taaannn abiertos!

Y de nuevo la madre:

—Nos van a encontrar, nos van a pillar... Van a venir aquí, Helenita, y entonces ¿qué va a pasar? ¿No lo entiendes?

Silenciosa, la pequeña Helena, con sus seis abriles, tiene sus ojos castaños ¡taaannn abiertos!

De nuevo, el padre:

—Da tu muñeca, Helenita mía, para que la alineen... que se alinee... y que te alinees tú también. Helenita mía ... Todos nos hemos alineado, Helenita mía ... gente, muñecas, todos... ¿No entiendes?

Es de noche, 22 de enero. Silenciosa, la pequeña Helena, con sus seis abriles, tiene sus ojos castaños ¡taaannn abiertos! En vez de hablar, ella pone su muñeca, que tiene ojos marrones como los suyos y pelito rubio como el suyo y nombre dulce como el suyo, pone a su muñeca "Helenita" a decir:

"Yo me vuelvo loca por las travesuras... ¿Quieres que hagamos travesuras?"

Es de noche, la misma noche del 22 de enero. Fuera está lloviendo a cántaros. Helados por el frío que les muerde durante cinco días seguidos, el padre y la madre están mirando con desesperación a su Helenita, esa rebelde Helenita con sus seis abriles que "no quiere ser prudente", que no quiere "alinearse" ni deja que "alineen" a su muñeca "Helenita"... Así son las Helenitas cuando sus pequeños hombros tienen solo seis o casi seis abriles. Es que el "cerebro", las distintas "alineaciones", todas estas cosas importantes vienen mucho más tarde, cuando tus años se han multiplicado, irrecuperables, y, sin darte cuenta, ya te han pegado la enfermedad incurable: ser mayor. Entonces, ya no eres un niño; entonces ya no tienes la valentía de quedarte para siempre fiel a tu muñeca y a todo lo que tu muñeca siente y piensa y dice por sí misma y no porque haya obedecido y la "hayan alineado"...

La noche del 17 al 18 de enero, hete aquí que la muñeca-Helenita se liberó de la repentina recogida de muñecas. Tuvo la suerte de que los efectivos del *Servicio Secreto de Sana Programación de la Sociedad Consumidora* no olfatearan a su muñeca. Algunas veces pasa que los Servicios Secretos, todos ellos, se equivocan... ¿Pero hasta cuándo conseguiría esconder a su muñeca? La madre está hablándole y hablándole de unas máquinas que detectan a todos los ilegales, todas las muñecas ilegales... y sobre unos tipos oscuros que están siempre dispuestos a ayudar a las máquinas "chivándose".

Son ya tres semanas, tres semanas y unos días desde que Helenita, de los seis abriles, tiene como compañera a su muñeca. La víspera de Año Nuevo, su padre y su madre, ahorrando mucho y haciendo auténticos malabares, pudieron, por fin, comprarla como aguinaldo para su Helenita.

Cinco días con sus noches, desde aquella en que las muñecas fueron detenidas para "ser alineadas", para cambiar su voz... para cambiar su alma... El *Servicio Secreto de Sana etc.*, desde entonces, ha atrapado a varios transgresores: en primer lugar, a las propias muñecas que insistían en hablar la antigua lengua "maligna", pero también detuvo, a su vez, a los pequeños que tenían las muñecas ilegales y no acudieron a entregarlas, sino que las escondieron. Pero así son los niños, ¿no? Con la inocencia de sus abriles, que se cuentan en los dedos de una mano o en todo caso de las dos manos, creían, muñecas y niños, que lograrían escapar de las pinzas del *Servicio Secreto de Sana etc.* ¡Cómo iban a saberlo...!

Pagaron el pato, también, los padres de los niños. Fueron considerados culpables, delincuentes morales. La acusación contra ellos fue la de que indujeron a sus hijos a la ilegalidad o no lo impidieron o, en todo caso, la de que no acudieron prestos ellos mismos a entregar las muñecas.

Oscuros rumores circulan, cada vez más, acerca del suceso desgraciado que rodean el caso de las muñecas ilegales, los niños y sus padres... ¡Gran mal ocasionaron las muñecas a los hombres!

En cuanto a Helenita de los seis abriles, no, no entrega su muñeca. La quiere así como es, así como la había conocido por primera vez, a su imagen y semejanza, una niña y la muñeca-Helenita, una chiquilla que se vuelve loca por hacer travesuras y llama a los demás niños para que hagan travesuras.

En el bloque viven otras dos niñas también de pocos abriles. Una, en la planta cuarta y otra en el primer ático. Sus muñecas ya aprendieron las nuevas palabritas. Anteayer por la mañana, Helenita de los seis abriles las escuchó hablar. ¡Qué desesperación! ¡Qué palabras tan tristes! Esas sobre la "renta nacional *per cápita*", esas otras de "los fondos intermediarios de banco" cuadri... cuadri... cuadri... cuadri...". ¡Pero el miedo que le dio ese "alto horno" no se puede describir! Qué pesadilla ese "alto horno", qué monstruo...

Ayer por la tarde, su padre, espantado por su miedo, enfadado con la obstinación de su hija de no entregar la muñeca-Helenita, intentó apoderarse de ella con una argucia… ¿Resultado? Helenita de los seis abriles se pone amarilla, blanca como la nieve; está a punto de decir algo, pero no dice nada y se desploma en el suelo. Intentaron con denuedo que volviera en sí. El padre se dio cuenta de que, por la fuerza, no "es alineada" su Helenita por nadie.

Desde ayer por la tarde y durante toda la noche de ayer y todo el día de hoy y esta noche, 22 de enero, 39 de fiebre, 39,5 de fiebre, 39,7 de fiebre, hasta 40… No, que no le quiten su muñeca Helenita y que no la operen; que no le quiten su voz original y le cambien la voz y el alma; que no se la "alineen"… ¿No bastan los mayores para las "alineaciones"? ¡Pues que dejen a las muñecas y a los niños, a las criaturas y a sus muñecas, sin ningún tipo de "alineación"!

En su cuartito lleno de humedad, en el sótano del bloque, tiritando a causa de una fiebre científicamente inexplicable, pero, humanamente muy muy explicable, temblando de ansiedad por el destino de la voz de la muñeca-Helenita, y temblando de ansiedad por el destino de su voz y de su alma, la de Helenita de los 6 abriles…

Cada tanto, mientras se cree volando por la fiebre, mira a su padre, mira a su madre; ambos están en una niebla… Sobre todo, piensan en su hija, en su hija única que se está torturando en su camita abrazando a su muñeca, la otra Helenita. Sin embargo, piensan también en su destino amargo: el padre perderá su puesto como bedel de cuarta clase en el Ministerio de Cultura, la madre perderá el puesto como limpiadora de segunda clase en el Ministerio… ¿Qué sentido tienen en estos momentos todos los ministerios del mundo?

De vez en cuando, Helenita de los seis abriles aprieta el pecho de la muñeca-Helenita y el cuartito se queda inundado por la vocecita cantarina:

"Yo me vuelvo loca por las travesuras… ¿Quieres que hagamos travesuras?"

Cuando bajaron, de cinco en cinco, los veinticinco escalones del sótano,
cuándo encontraron la puerta que buscaban, cuándo rompieron la puerta
que les cerraba el camino, cuándo se derramaron por el pequeño pasillo,
cuándo esa misma noche del 22 de enero se hizo tan profundamente oscu-
ra y despiadada, no se dieron cuenta… Eran sólo dos, ¿se necesitaban más?
Uno, el blando, tenía una automática; el otro, el nervioso, tenía un revólver
pequeño plano.

—¿Dónde está la muñeca ilegal que esconden ustedes aquí?— grita el
nervioso al padre y a la madre, quienes acudieron rápido desde su habitación hasta el cuartito de Helenita de los seis abriles.

Pero, ¿cuándo Helenita de los seis abriles les escuchó, cuándo se dio
cuenta, cuándo tuvo tiempo para cerrar con llave su puerta y deslizar su
camita detrás de la puerta? Puso toda su pequeñita fuerza, puso su espejito
oval de plástico de color rosa, que lo tenía para peinarse su pelo rubio y el
de la otra Helenita, lo puso sobre la cama para que se hiciera más pesada y
para que ellos dos no puedan abrir la puerta; corre rápido y toma los dos
dibujos con los animalitos y los pone sobre la camita para que se haga aún
más pesada… Luego, arrodillada sobre su camita y medio tapada con su
manta, tiembla… tiembla…

—¿Dónde diablos está la muñeca ilegal que escondéis aquí?— Se enfu-
rece con la madre el blando.

—¡Danos tu muñeca ahora mismo!— el nervioso grita delante de la
puerta cerrada, con el revólver pequeño plano en la mano.

—Mi muñeca… mi muñeca no habla… la mía no habla… ¡nnno!—

Solo eso pudo decir Helenita de los seis abriles, y saca del pecho de su Helenita la cinta y la batería –su padre había hecho lo mismo una vez que cambió la batería– y en un abrir y cerrar de ojos esconde la cinta y la batería en su pecho, debajo de su camiseta. Y si acaso logran romper la puerta, les mostrará su muñeca que no habla… no habla, no… Y, así, su muñeca está dentro de la ley, su Helenita, ¡no!… ¡no!… ¡no!…

El blando patea la puerta y ésta cede un poco; el nervioso le da un puñetazo y rompe la falsa cerradura. Segunda patada del blando y la puerta se abre algo más, segundo puñetazo del nervioso y se abre aún más; tercera patada del blando y mete dentro su pie; tercer puñetazo del nervioso y mete dentro su mano con su pequeño revólver y grita a Helenita de los seis abriles, arrodillada sobre su camita:

—¡Dame tu muñeca ahora mismo!

Helenita de los seis abriles aprieta y aprieta en su regazo a la otra Helenita. Cuarta patada del blando; tropieza y cae por accidente sobre la mano del nervioso, que tiene el revólver pequeño apretado, y, sin pretendrelo ni quererlo, el nervioso deja volar una bala pequeña directamente al pecho de Helenita de los seis abriles, una sola bala pequeña –¿necesitaba una segunda?–. Y, mientras, Helenita de los seis abriles, con sus ojos marrones, como nunca antes tannn abiertos, se arrodilla mucho y mucho más y mucho más y mucho más, y, como esa única bala, antes de traspasar la cinta y proseguir perforando profundamente el pecho para cumplir su destino despiadado, había presionado sobre la cinta, el cuartito entero y el sótano entero y el bloque entero y el barrio entero y la ciudad entera y el país entero y el mundo entero quedan inundados por la cantarina voz ilegal:

"Yo me vuelvo loca por las travesuras… ¿Quieres que hagamos travesuras?"

Lección de anatomía, etc.

Trece minutos de retraso, son trece minutos de retraso. Es decir, un siglo. Porque cuando estás parado en algún lugar y esperas a alguien con impaciencia, el tiempo toma otra dimensión. Y más, si estás esperando no solamente con impaciencia sino también con pasión incontrolada, con anhelo tembloroso, tal y como él la estaba esperando a ella.

Había llegado a su cita, como siempre, primero. Ella llegaría, como era normal, en tres o cuatro minutos a lo sumo. Pero, hete aquí que parecía no querer aparecer por ahora. Mientras tanto, de pie sobre el suelo helado, se sentía mal. En la parte alta de la pared, sobre el tubo roto de la estufa de petróleo fuera de servicio, las dos grandes arañas de siempre y una tercera, más pequeña, concentradas allí para contemplar, como siempre, el duelo amoroso. A derecha e izquierda, en grandes frascos con formol, había muchos y variados cadáveres de muchos años (hígados, ranas, camaleones, y muchos otros) como si volvieran a la vida y empezaran a retorcerse de nerviosismo por la demora sin precedentes. En la única ventana, de postigos de madera con clavos, las cortinas de antiguo esplendor, llenas ahora de polvo y recuerdos, se movieron de impaciencia. En cuanto al esqueleto manco del rincón, lo vio sonreírle irónicamente. Es posible que Gran Napoleón sonriera también irónicamente. No podía confirmarlo porque el Emperador estaba boca abajo y no se atrevía a ponerlo boca arriba para ver si sonreía o no, porque su lumbago no bromea, y lo que le faltaba es que, encima, se le despegara algún disco lumbar.

¡Por fin! La puerta se abre con ímpetu y entra jadeante y vestida con su nuevo estilo militar y su impermeable amarillo haciendo cris, cras. Para no perder un tiempo valioso, empieza a desabrocharle rápidamente el impermeable. Apenas le ha desabrochado dos de los cinco botones y ella, juguetona, con la maestría propia de un mago consumado, le quita las gafas (tiene miopía, presbicia y astigmatismo) y, como un rayo, no sólo las hace desaparecer, sino que desaparece también ella misma. Pudo ver –sin gafas– su figura algo confusa abrir de nuevo la puerta y salir al pasillo medio oscuro del sótano.

No es la primera vez que juega así; unas veces le esconde el encendedor; otras, el bolígrafo; a veces, un guante o los dos; otras veces, su camisetita que tiene bordado con hilo morado un león triste. Juega así con él a menudo, y, además, corre sin parar y se esconde en el almacén o en el pasillo vacío. Le gusta torturarle, elige sádicamente horas y momentos en los que él está completamente frito de pasión. De todas maneras, merece la pena.

Esta noche, frenético por la nada agradable suspensión del duelo, sale rebuscando al pasillo, da unos pasos a ciegas con los brazos extendidos y dice para sí:

"¡Mis gafas! ¿Dónde están mis gafas? No veo nada…"

Avanza dos o tres metros en línea recta, otros dos o tres metros más a la derecha, gira a la izquierda y repite:

"¿Dónde están mis gafas? No puedo ver sin mis…"

¡Ja, la cogió! Su mano agarra su impermeable; al tocar su pecho izquierdo, le parece especialmente duro, y va directamente a manosear también el derecho.

—¿Cree que es necesario palparme así? Sabe… ¡me está haciendo cosquillas!

Voz dura, una voz completamente desconocida, como era duro el único pecho que alcanzó a tocar; no es la voz cariñosa que le es familiar; no, es un hombre, y le habla, una vez más, brusca e implacablemente:

—Lo siento, señor profesor, pero queda detenido.

"Es también el ambiente, que me emociona. Agita mi imaginación. Me excita sexualmente. Aquí dentro es algo diferente. Tiene, como suele decirse, encanto. ¿Estás de acuerdo, mi cadaverito?"

Casi siempre que tienen duelo no deja de repetir sus argumentos a favor de ese lugar concreto. Sin embargo, la verdad dolorosa es que el "cadaverito" –así se acostumbró a llamarle... cariñosamente– no sólo no está de acuerdo sino que también siente un escalofrío "de terror y horror" cada lunes, miércoles, viernes, hora de 18:30 a... (la de finalización varía, por supuesto, según el caso), por quedarse encerrado con ella en esta decoración de pesadilla y porque a ella le conmueve. Una decoración como sacada de una película de vampiros, como, por ejemplo *El Drácula de los Cárpatos* u otras de Polanski de, más o menos, la misma factura. No hay modo de entender a las mujeres ni de saber qué cosa, en lo tocante al sexo, les puede gustar hoy y qué mañana.

En todo caso, la verdad es que es experto en esqueletos, mancos o no, y especímenes varios en frascos con formol, algo muy asequible para un profesor de Anatomía. ¡Pero ello no significa que los quiera tener de escenografía de Erotismo Aplicado!

Sin embargo, otra cosa también es cierta: el shock que siempre siente al entrar se evapora en cinco o cinco segundos y medio, cuando le da dos vueltas a la llave en la puerta de madera, devorada por carcomas, cuando ella, sin más, con un salto de corzo, se pone boca arriba en la mesa de disección y corre él a su encuentro subido de inmediato al busto de bronce de Gran Napoleón. Es un misterio por qué anda por el almacén del Laboratorio de Anatomía el Emperador, al que a duras penas ha deslizado desde el rincón y ha tumbado boca abajo para que le sirva de escalón; sube y escala, pues... cómo conseguir saltar con su barriguita, su lumbago y lo demás… Porque ella tiene 34 mayos o, al menos, junios, mientras que el "cadaverito" 55 noviembres nublados.

Lo esencial es esto: la mesa de disección, fría a causa del servicio anterior, se incendia instantáneamente como una olla exprés y el escalofrío amoroso que atraviesa el universo nebuloso de sus 55 noviembres aniquila cualquier saldo del escalofrío de terror y horror.

Quién sospecharía del "cadaverito" con su barriguita, su lumbago y, dejando detalles al margen, con artritis reumatoide, colesterol, miopía más presbicia más astigmatismo, algo de tensión alta, y con el título de profesor de Anatomía en la Facultad de Medicina de la Universidad de la capital, quién sospecharía que tuviera esos descansos ilegales en la rutina de su vida cotidiana. Ilegales, porque él está soltero, pero ella casada y con dos hijos.

Esta noche, el séptimo descanso ilegal consecutivo. Viernes, 20 de diciembre. Mañana a mediodía la Universidad parará por las fiestas. El año nuevo viene a toda velocidad.

Hace casi tres meses, a mediados de septiembre, apareció en la Facultad de Medicina como empleada recién contratada de la Secretaría. Enseguida le llamó la atención. Sin embargo, no se hubiera atrevido a dar el paso si ella no se hubiera lanzado; el ímpetu decisivo fue de ella. Pasó una tarde en que bajaron los dos al sótano, para un recuento de desperdicios en el almacén del Laboratorio de Anatomía. Él mismo guardaba la llave en su despacho. Había dos habitaciones más en el sótano, almacenes igualmente no sabía exactamente de qué.

Desde el momento en que apareció en la Facultad de Medicina impresionó, no sólo con su presencia muy sexi sino también por el aire que tenía.

Lo de sexi no se puede explicar con la lógica convencional ya que era todo lo contrario de guapa; podría clasificarse, más bien, como "feílla" o "cuasi feílla"; misteriosa es, ciertamente, la fuerza de atracción que emite y que captura a todos. Pero el aire, el estilo que tiene, su chulería fenomenal, ningún misterio. Se corrió la voz de que tiene "grandes enchufes"; en concreto, un primo segundo suyo es un ejecutivo de los más potentes del Sistema.

—Repito, profesor, queda usted detenido… y queda detenido por la razón que usted sabe muy bien.

Es la segunda vez que habla el Cosquilludo, y él, fosilizado, está escuchándolo. Entonces, el tipo, en un pis pas, procede a un cacheo corporal; con la mano está tocando algo en el bolsillo derecho de la chaqueta y lo saca.

—¡Aquí están sus gafas! Las tenía en su bolsillo, profesor…

Coge las gafas, se las pone, y por primera vez ve al otro: el *Impermeable Negro*. O sea, uno de los *Impermeables Negros*. Las personas simples y comunes llaman así a los agentes de los Servicios Secretos del Sistema, cuyo poder abarca a todos y a todo, desde los casos del código penal común, por ejemplo, delitos contra la integridad moral, adulterios y todo lo relacionado, hasta actividades subversivas contra el *Sistema*.

El *Impermeable Negro* lleva una medio sonrisa negra. No hay duda de qué se trata: el esposo se olía algo, había mandado que los vigilaran, de modo que a ella la pillaron tan pronto como apareció en el pasillo para jugar con él, para hacer que la siguiera, después de que ella le hubiera quitado las gafas y, en un instante, con algún truco, las hubiera metido en su bolsillo. La han pillado y quién sabe adónde la habrán llevado, y si la estarán humillando. No es imposible que ella haya visto de lejos al *Impermeable Negro* y que haya logrado escapar, y, mira por dónde, ahora lo pillan a él y se la ha cargado: delito de adulterio significa delito de adulterio.

Tal es su inquietud que no logra pronunciar ni una palabra; solamente consigue ver, al fondo del pasillo, otro *Impermeable Negro*; ve también a siete chicos, estudiantes, sus propios estudiantes, los reconoce; entre los siete hay dos chicas; hizo el ridículo frente a los chicos; paran y se han quedado mirándolo, directamente a los ojos. Directamente a los ojos.

— Pff… Pff…

Esos dos "Pff" misteriosos y apagados, ¿de dónde vienen? Están rompiendo el silencio condensado en el almacén del Laboratorio de Anatomía. ¡Anda! ¿Qué es eso? ¿Será algún ratón royendo? ¿Serán, tal vez, unas maderas que escogieron el momento oportuno para crujir? ¿O un hombre? ¿Pero, qué hombre? Puede que se haya engañado y que no fuese ningún ruido, solamente su imaginación.

Al poco, el *Impermeable Negro* suyo, es decir, el que lo detuvo, lo había llevado de nuevo al almacén, y lo había encerrado allí con la decoración psicodélica conocida.

—Un poco de paciencia, profesor. Usted va a ser transportado en el coche especial que utilizamos en estos casos. Arriba, los estudiantes todavía están en clase, tutorías; mejor que no se genere un espectáculo, los cotilleos no le van a beneficiar.

Y el *Impermeable Negro* lo había dejado solo.

¡Entonces! Lo aprisionarán en el melancólico "coche especial". Lo sacarán directamente por el sótano. La pequeña puerta al fondo del pasillo conduce al garaje de la Universidad, que da a la calle de atrás.

No debería haber aceptado su detención sin protestar, haber quedado como un gallina. Debería haber dicho algo, haber gritado… Pero, el imprevisto ha sido tan de sorpresivo que se apagó su lengua. ¡Cómo había caído en la trampa!

La ansiedad por el destino de ella lo está consumiendo, no sabe en qué pensar primero. Cierra los ojos para calmarse un poco; suele utilizar este truco cuando, por una u otra razón, se encuentra en un jaleo mental.

—Por la misma razón. Sí, profesor. Hemos bajado al sótano por la misma razón por la que ha bajado usted también. ¿Nos oye? Pff... Pff...

Sin duda es un hombre el que le está hablando; la voz del hombre invisible llega como si fuera transmitida por un auricular de teléfono. ¡Anda, otro misterio!

—Pff... Pff... Pff... Pff... Somos nosotros, señor Profesor, sus estudiantes que vio en el pasillo.

Puso todo su esfuerzo y descubrió la ruta que seguía la voz del otro, de los otros, porque la segunda vez no era la misma voz; el tubo roto de la antigua estufa de petróleo, encima, sobre la pared, donde había dos arañas grandes y una tercera más pequeña. Le hablaban desde el otro extremo del tubo en el cuarto contiguo. Y los varios "Pff..." eran soplos para que pasara la voz limpia en el caso de que el tubo estuviera medio obstruido.

—También todos nosotros estamos aquí por la misma razón. ¿Nos oye?

Por supuesto que los oye ¡no es sordo! ¡Fíjate! ¡Cómo está el mundo! También los chicos en el sótano «por la misma razón»: orgías. ¡Orgías en grupo! Así que el segundo *Impermeable Negro* no estaba al lado de los chicos por casualidad, no, los había detenido, y ahora él en esta habitación, y ellos en esa otra, están todos esperando al "coche especial".

—Nos sentimos aliviados de tenerlo cerca, y de que usted esté con nosotros por la misma razón.

¡Qué oigo! El ridículo suyo, según dicen, les daba "mucho alivio". Por si fueran pocas sus desgracias –y lo peor estaba por llegar– tenía, encima, a los chicos. O sea ¿qué quieren decir? ¿Me están tomando el pelo, o qué?

—El único de nuestros profesores que está con nosotros. ¿Nos oye? ¿No nos oye?

—¡Y dale! Vale, chicos. Soy el único de vuestros profesores que está con vosotros, porque soy el único que se ha metido en tal ridiculez.

—Nos da mucha alegría que usted esté aquí también por la propaganda, que usted tenga la valentía de quedarse a nuestro lado. ¿No nos oye...? Hablamos bajo para que no nos oigan los demás, están en el pasillo rondando, los podemos ver por la cerradura. ¿Nos oye...? La propaganda la tenemos aquí, Profesor, nos cachearon, igual que le cachearon a usted cuando le arrestaron, nos cachearon pero no la encontraron... Aquí tenemos la propaganda para el año nuevo; la propaganda de deseos de paz y de libertad.

—¿Qué? ¿Cómo? De eso no, se lo ruego... ¡De eso no! Libertad es... es... ¿cómo se dice? La libertad es "historia rara". Existe solo en las enciclopedias antiguas y en los diccionarios cubiertos de polvo, y, claro, también en los discursos recién planchados de los oficiales del *Sistema* y de los varios *Sistemas* semejantes que hay por todo el mundo, porque únicamente ellos, los oficiales de los *Sistemas*, tienen la libertad de hablar de libertad...

—Nos da mucha alegría... nos da ánimo. Pues, usted se enteró de que íbamos a bajar al sótano para discutir sobre la propaganda, se enteró y vino inmediatamente. Pues ¡no estamos solos, no! ¡Nosotros no estamos totalmente solos! Así que uno de nuestros profesores se ha atrevido... se atreve a apoyarnos. Pero ¿por qué no habla? ¿No está usted en el almacén...? ¿Usted no nos oye...?

No, no, no va a darles señales de vida. Se hace el sordo. No se trata de un juego lo de la libertad, el asunto está caliente, quema... Le vienen a la mente algunas historias, incidentes que ocurrieron y que siguen ocurriendo: dos o tres escribieron de libertad; tres o cuatro hablaron de libertad; cuatro o cinco escucharon de libertad y no se dieron prisa en taparse los oídos con lacre, y mira qué pasó...Se involucran inmediatamente los *Impermeables Negros*, siempre dispuestos y serviciales para cosas así; después, muestran interés los oficiales o, por lo menos, los semi-oficiales del Sistema, y al final...

—Profesor ¿qué le pasa?

El tubo de la estufa le transmitió la pregunta; es una de las dos chicas la que habló, con preocupación emocionada. Su voz era cálida, tan cálida como si la estufa añadiese calor en secreto, pero su corazón, de hielo. ¿Hielo? Bueno..., no al 100%. Esto, sin embargo, es "altamente confidencial"...

—Profesor, ¿qué pasa? ¿Usted no nos oye? ¡Díganos una palabra!

Casi cayó en la trampa y por poco no gritó:

—¡No! ¡No voy a decirles ni una palabra!

Se frenó y no respondió... pero ¿cómo aguantar un estornudo? Porque, precisamente, fue un estornudo lo que le vino, y doble incluso. Entonces, los chicos se dan cuenta de que los oye.

—¡En fin! ¡Que usted nos oye, profesor! Y nos preguntábamos ¿qué pasa, qué puede pasar? Leerle la propaganda, es breve pero precisa... Si usted tiene alguna observación, díganoslo, por favor... Tal vez no le parezca muy intensa... Que pongamos su nombre al lado de nuestros nombres... Claro, que usted no puede firmar por sí mismo pasando la mano por el tubo... Nosotros tenemos medios para rescatar la propaganda. Bueno, escuche lo que hemos escrito..."

Con los dedos se tapa los oídos, aprieta firmemente. No, no se ha vuelto tan loco como para permitirse a sí mismo un lujo tan peligroso: dejarse oír una propaganda para la libertad. Mantiene durante mucho tiempo los oídos tapados. Los chicos han dicho que la proclamación era breve, pero qué sabe él, mejor quedarse por unos quince minutos sin oídos, por si acaso.

De repente, hay tanto follón en el cuarto contiguo que los improvisados tapones para los oídos resultan inútiles. Intentar no oír no tiene ningún sentido; sea como sea, oye. ¡Aquí el mundo está derrumbándose! *Impermeables Negros* han entrado en el almacén de los chicos; ahora hay voces diferentes, voces de timbre duro, crueles, y, de vez en cuando, unos sonidos sordos, sonidos que le provocan escalofríos recurrentes: están pegando a los chicos... Capta algo de las conversaciones de los *Impermeables Negros* y se deshace:

—Ahh...propagandas, ¿eh? Ahh... Libertad, ¿eh? Ahh... tenemos cosas así, ¿no? Y, además, el profesor a su lado, ¿no? Ahh... ¿no?"

Se queda muy quieto, se está paralizando, se destroza, se disuelve, se esfuma. Y él creía que lo habían arrestado porque el esposo había sospechado... El ping, pong de su corazón, el colesterol frenético, y un crac en su columna vertebral —mira tú que el disco, en el que estaba pensando mucho últimamente, eligió este momento para moverse—.

Se siente tan pesado que decide recostarse de algún modo, tumbarse; el cuerpo se apaga, se deja... Tiene allí la mesa de disección anatómica, la única posibilidad de acostarse horizontalmente, aparte del suelo. Que Dios te bendiga a ti, el Gran Napoleón, que vas a echar una mano para que suba... Y sube. Cae sobre el mármol boca abajo, vuelve a cerrar los ojos, vuelve a taparse los oídos, no quiere ver nada, no, no quiere escuchar nada, no quiere pensar en nada. ¡No y otra vez no! Pero precisamente esto último es lo que no consigue.

Su corazón está con los chicos, sí... ¿Y cómo no? Él también tiene la misma hambre y sed de libertad, a escondidas, por supuesto... Él también siente la misma asfixia por la falta de libertad, a escondidas por supuesto... También mantiene él la misma esperanza de libertad, a escondidas, por supuesto... También le anima a él, a escondidas, por supuesto, el mismo sueño de libertad... Pero cuántos y cuántos y cuántos son los que... a escondidas, por supuesto... Sólo los chicos no se esconden, sólo los jóvenes no se esconden... ¡Ojalá fuera joven, ojalá tuviera 20 años...! ¡Ojalá fuera joven... y no fuera profesor de universidad, es decir, cadaverito...! No cadaverito, es un cadáver, cadáver, cadáver, cadáver, cadáver, cadáver, cadáver...

Sin embargo, ¿por qué tanta desesperación? Quizás su caso no sea tan trágico. Fue un malentendido, de acuerdo. Coincidió con la bajada de los estudiantes al sótano. En fin, los malentendidos son humanos. No obstante, si te pillan por lo de la libertad, vete a demostrar que no eres un elefante, sino simplemente un cadáver. De todos modos, ella no se va a quedar con los brazos cruzados ¡diablos! Su primo segundo es el de los "grandes enchufes"... Algo podrá hacer con el malentendido; no puede ser de otra manera, se resolverá. Por lo de la propaganda, lo van a dejar; posiblemente lo procesarán por adulterio. No hay comparación entre ambos supuestos. Mucho mejor que lo acusaran mil veces de adulterio, que tan sólo una vez de libertad.

Se siente ya más tranquilo, se le ha calentado el corazón; sin embargo, se le ha congelado la barriga, de tanto estar boca abajo. Da un salto y se gira boca arriba. Ahora, otra pesadilla: los estudiantes alrededor de la mesa de disección anatómica, los siete chicos, entre ellos las dos chicas, se inclinan todos sobre él, lo diseccionan y, a la vez, le dan una clase de anatomía... una clase amarga, dura, y cruel de anatomía... Le abren la conciencia de par en par, le detonan el subconsciente, le revelan su ser profundo, su propio ser esencial y le están mirando todos directamente a los ojos... directamente a los ojos... Una clase de anatomía amarga, dura, cruel, pero también algo más...

—Clase de anatomía y...

Pronuncia estas palabras en voz alta, y prosigue para añadir "libertad", la palabra prohibida, la exclusiva, y preciosa y querida palabra. El miedo le muerde, no se atreve a decir "clase de anatomía y libertad", pero tampoco puede permitirse el silencio. ¿Nada? Por lo menos, decir la palabra de manera secreta, con un código criptográfico propio, y, con la voz aún más alta, dice:

—Clase de anatomía, etc.

—¿Qué pasa, profesor?

Apenas abre la puerta el *Impermeable Negro*, el de siempre, y ve al profesor en pie encima de la mesa de disección mirando hacia arriba, a la pared, allí donde está el tubo roto de la estufa de petróleo. El silencio total del cuarto contiguo le había provocado una preocupación terrible, qué pasaría con los chicos… Tal vez distinga algo a través del tubo o pueda oír algo, un susurro, lo que sea…

—¿Qué pasa? Pues no pasa nada… aquí estoy contemplando a las tres arañas…

—En cuanto a las arañas, a mí no me gustan nada. Tienen una crueldad, una inhumanidad… ¿Usted se ha dado cuenta de cómo "cuidan" a su víctima?

—Ha venido el coche especial.

—Ha venido. Pero no está destinado a usted… Profesor, fue un malentendido. Han llamado desde "arriba", ya sabe… Y bueno… le pedimos disculpas. Su asunto fue arreglado, fue un malentendido… Usted no tuvo nada que ver con la propaganda…

No dijo ni una palabra, solamente se baja gateando de la mesa de disección; los dos se dirigen hacia la puerta.

—Usted puede irse, profesor. Irse, sin más.

—¿Qué ha dicho de propaganda?

—Bueno, no es nada… una cierta propaganda… Ya conoce la ruta, profesor. Usted dará la vuelta a la izquierda en el pasillo y tomará el ascensor de subir y… y nada más.

En el momento en que pisó el umbral, con el *Impermeable Negro* por detrás, empiezan a salir del otro cuarto los chicos. Cuatro *Impermeables Negros* los acorralan contra la pared con la frente hacia la derecha, hacia la puerta pequeña que sale al garaje y de ahí... Se queda en el umbral, mitad en el almacén y mitad fuera; el *Impermeable Negro* detrás de él; todos los chicos, los siete –están también las dos chicas– alineados en la pared, puestos como si fueran a ser ejecutados. Los mira uno por uno a la cara, quiere verlos bien, uno por uno, a la cara; quiere ver los dos ojos de cada uno, y también los chicos lo están mirando a él directamente a los ojos. Directamente a los ojos.

—Adelante, profesor, adelante, hacia donde está el ascensor. Usted está libre—, le susurra el *Impermeable Negro* detrás de él.

Ahh... ¿está libre? Libre para seguir adelante, hasta donde está el ascensor, de subir, sí...pero, en su interior, ¿está libre?

— ¡Adelante, hacia donde está el ascensor! ¿Es que no oye usted?

Sí que oye. Da medio paso hacia delante; todos los chicos lo están mirado, los siete; están también las dos chicas; lo están mirando, no sólo directamente a los ojos, sino también con ese orgullo increíble que tienen los ojos de un chico cuando está ante un hombre que es un hombre verdadero, un hombre valiente; lo están mirando llenos de orgullo, de manera que no puede aguantar más y está a punto de huir hacia donde está el ascensor, está a punto de correr con toda sus fuerzas hacia donde está el ascensor, escapar de estos catorce ojos que le queman. Los siete chicos son siete profesores, siete profesores despiadados, irreconciliables, incorruptibles, que lo están examinando en la "Clase de anatomía, etc."... Si no hubiera "etc.", aprobaría el examen, y a lo mejor sacaría buena nota, pero "etc."..., pero "etc."...

El medio paso que ha dado no tiene continuación, se queda en su sitio fosilizado; ahora, los siete chicos no solo lo están mirando directamente a los ojos sino que además, sin palabra, como si se hubiera llegado a un acuerdo tácito instantáneo, se desplazan dejando un espacio libre entre ellos, dejan un sitio libre entre ellos, su sitio. Ahora, el universo dentro de él es batido por el viento, se rasga, se derrumba. Si no hubiera este espacio entre los chicos, este en particular que lo atrae; si no hubiera este sitio entre los chicos, este en particular que lo invita...

—El ascensor está por allí, profesor. Se lo he dicho, siga adelante, ¡ya!

Y sigue, pero no hacia allí, sino hacia aquí; sigue hacia su lugar y su sitio entre los chicos; con la cabeza alta va directamente allí donde están los siete chicos y, el único apreciado y queridísimo, "etc.".

Calle Stadíu, en Nochevieja

Luego giró a la derecha, en el mercado, y entró en unos oscuros callejones solitarios.

Las aceras estaban llenas de baches, baldosas rotas y desgastadas. Aceras-trampas para el transeúnte. Bueno, mejor no ir por la acera. Bajó a la tierra –no había asfalto allí, sino calles de tierra– e iba con tranquilidad, sin nada de prisa. ¿Y por qué tener prisa? No tenía ningún plan, nada especial para aquella noche, Nochevieja.

La tierra mojada de la lluvia estaba ahogando su paso. Había llovido desde temprano. Una lluvia breve pero muy fuerte. Ya había anochecido cuando vino el chaparrón.

A causa deesta breve ráfaga repentina, Atenas, como sucede siempre en estas ocasiones, se desordenó. Menos mal que no duró mucho la desgracia: toda el agua había caído en veinte minutos. Precisamente entonces, al finalizar la lluvia, empezó este vagabundeo sin rumbo por las calles atenienses.

Estaba de muy buen humor, en forma. Salvo que este sombrero le iba ancho. Ancho y grande, y continuamente caía sobre su frente, tapando a medias los ojos. Se paró, intentó levantarlo un poco… Pero el sombrero resbaló y rodó a tierra, al barro. Se volvió y miró cómo se había hundido en el agua. Se inclinó por un momento, al final lo dejó y siguió adelante.

Alguien caminaba por la acera de enfrente. Alguien que no tenía dificultad para camina por allí, a pesar de los baches y de las baldosas rotas y desgastadas. Oyó al desconocido decir algo en voz alta. No distinguió si le hablaba a él o no, y, ahora, caminó más rápido.

Tenía frío. La noche, después de la lluvia, era húmeda, y encima soplaba viento. Un viento terco del norte. Iba con paso más rápido, casi corriendo. Se calentó un poco.

Al fondo, distinguía muchas luces: amarillas, verdes, moradas... Por ahí terminaban las oscuras calles solitarias.

Un coche pasó a su lado; no lo había notado mientras venía. Pasó a gran velocidad, por poco se estrella. Le gritaron algo desde adentro, se rieron.

En la segunda esquina, había luz. Se acercó. Un pequeño café de barrio, unas pocas mesas de mármol y, en la ventana, junto al cristal, una jaula y un canario. Los pájaros siempre le provocaban una emoción diferente.

Se acercó a la ventana para contemplar el canario que estaba adormilado. Levantó una pata en la acera, luego levantó la otra, y casi en seguida levantó las otras dos.

Fue entonces cuando le gritaron.

—¡Un caballo!— gritaron varios que salían del café y de otras tiendas. —¡Corred a ver un caballo!

No corrieron muchos –la calle no estaba concurrida– pero él empezó a correr, sorprendido por las voces y las hojas de las puertas que se batían una tras otra. Corriendo así, entró en la calle Pireós, y detrás de él escuchaban cada vez más voces y cláxones. No sabía el porqué de todo aquello ni qué sentido tenía; algo muy fuerte en su interior le hizo correr con toda su fuerza y huir de los coches con mil zigzags, y correr, correr hacia Omonia....

Las multiformes luces de colores, los grandes anuncios publicitarios de neón lo aturdieron un poco. No obstante, no detuvo su marcha ni un momento. Ni siquiera en la fuente de la plaza, aunque vio su agua y tenía sed y aunque habría querido pararse y tomar un par de sorbos.

Ahora ha entrado en la calle Stadíu y ha empezado a subirla sin respiro.

—¡Un caballo en Stadíu!

La noticia se difundió de boca en boca. La multitud que se había apiñado en las aceras se agitaba; los coches tocaban el claxon sin cesar. Otros, extrañados, acudían desde las calles adyacentes a la calle Stadíou, como si se tratase de una concentración electoral. Los miles de transeúntes que estaban de tiempo libre gritaban y gesticulaban molestos, cargados de modo asfixiante con regalos y preocupaciones, muchas preocupaciones.

—¡Un caballo en Stadíu!

¡Quién hubiera sospechado, cuando la lluvia arreció y se desató la soga con la que su dueño lo había atado en el callejón semioscuro detrás del mercado, quién hubiera sospechado que esa noche se convertiría en un espectáculo!

Su dueño lo había traído a primera hora de la tarde, desde el interior de la provincia, y, rápidamente, vendió las coles que había cargado. Luego, su dueño le regaló un sombrero, un sombrero barato, dado que, últimamente, se ha había vuelto muy sensible al frio. Con los primeros fríos, enseguida cogía un resfriado y estornudaba cada vez más.

Su dueño, pues, le regaló el sombrero, lo ató a un poste del tendido eléctrico, y se fue a por un trago con unos amigotes.

—¡Un caballo en Stadíu!

Una aparición increíble fue la de este caballo que corría en plena noche hacia la calle Stadíu, en Nochevieja. No se sabía de dónde venía, tampoco se sabía adónde iba…Una estimulante aparición de los años de la infancia, que para la mayoría estaban lejos, muy lejos, envueltos en polvo y naftalina.

—¡Un caballo en Stadíu!

—¡Un caballo en Stadíu!

—¡Un caballo! ¡Esto es una locura!

—¡El número de emergencias! ¡Llamemos al número de emergencias!

Y había bastante gente dispuesta a dar aviso sobre el inesperado infractor al número de emergencias de la policía. Porque, por supuesto, este caballo representaba una infracción muy grave; una infracción de la vida diaria, bien organizada y perfilada por leyes y reglamentos. Una infracción a esta vida ahogada en los gases de escape y en mucha lógica.

En las tiendas grandes y pequeñas de Stadíu, mientras el caballo pasaba como un rayo sobre el asfalto, estaban contando dinero, dinero…Y en las calculadoras eléctricas de última generación, calculaban, calculaban… Por un segundo dejaron de contar y calcular. Solo por un segundo.

—¡Un caballo en Stadíu!

—¡Un caballo! ¡Esto es una locura!

Y el caballo cortaba el aire y estropeaba la representación del Año Nuevo. Sí, todo esto terminaría pronto. Las Patrullas de Respuesta Inmediata lo perseguirían, le pondrían un control policial, quitarían de en medio lo antes posible a este caballo que vino a remover las aguas. No, un caballo no tenía cabida en la calle Stadíu, tan luminosa, tan festiva, tan lógica.

—¡Un caballo en Stadíu!

—¡Un caballo! ¡Esto es una locura!

Y todos tenían prisa por olvidar el caballo, por borrarlo de sus ojos y de sus corazones.

En ese momento, pasó algo más: se publicaron coloridos periódicos de Año Nuevo de varias páginas y con el típico titular a ocho columnas en su portada:

FELIZ AÑO NUEVO

Y con los típicos titulares de ocho columnas en la última página:

VIETNAM, UNA AMENAZA PARA LA PAZ INTERNACIONAL

EL ASUNTO DE CHIPRE, ESTANCADO

A LO LARGO DEL AÑO HAN MUERTO DE HAMBRE MILLONES

ENORMES CANTIDADES DE TRIGO SE DESTRUYERON PARA QUE SE MANTENGAN LOS PRECIOS

EL HOMBRE CONQUISTARÁ EL UNIVERSO PRONTO

ÚLTIMA HORA: SI ESTALLA UNA GUERRA NUCLEAR LA HUMANIDAD SE DESTRUIRÁ POR COMPLETO

Por supuesto que, corriendo tanto, no tuvo tiempo para pararse y admirar los enormes reclamos luminosos del nuevo cinemascope tridimensional que se proyectaba en el "Apollo":

ES UN MUNDO LOCO, LOCO, LOCO

La conquista

Entonces se inclinó y lo besó debajo de la oreja izquierda, es decir, logró hacer ella exactamente lo que él había planeado hacer. Luego, él contraatacó, la agarró por la cintura y la levantó en alto, muy alto, con un movimiento como si estuviera a punto de dejarla caer de allí al suelo –sobre la alfombra, claro– pero no hizo nada de eso; por el contrario, la tomó con delicadeza y cariño y la acostó en la cama, en los pies de la cama. No quería la almohada, le molestaba la almohada, y la acostó así, sobre los pies de la cama. Aceleró y dio un salto sobre ella, pero aceleró demasiado y acabó situándose a medio metro a su derecha. Ella intentó huir de él, no lo logró; él la enganchó, primero con los pies, después con las manos, luego con los dientes. Con la mano izquierda apretó su boca y con la derecha agarró el teléfono, que, para estropear el momento, había empezado a sonar...

No, el teléfono no había sonado, eso no había pasado; tampoco había pasado nada de lo anterior, pero él pensaba en todo eso con pasión e intensidad y, cada vez con mayor intensidad, representaba en su imaginación la batalla futura que habría de sostener con ella, cuando... ¿cuándo...?

No podía saber cuándo exactamente se llevaría a cabo la batalla, pero sabía que el teléfono no sonaría en el momento crucial y que no lo interrumpiría cuando estuviera caliente; para empezar, se encargaría de colgar el auricular girando al 0, para que ni siquiera se escuchara el zumbido, que podría molestarle y acarrear consecuencias dañinas más adelante.

Desde el momento mismo en que la vio a través de las cortinas, una voz secreta le avisó de que aquella chica, muy joven y muy hermosa, estaba destinada a ser conquistada por alguien cuya vida no tenía que suponer una victoria tras una dura lucha ni una conquista lograda sobre numerosos obstáculos. Entonces, fue y se miró en el espejo: vio en él al candidato a conquistador y le sonrió.

Es cierto que una gran distancia lo separaba de la chica que, en cuestión de segundos, se había convertido en su objetivo. Primero, los separaron los seis metros de la calle Crisantemos; el 54 era el número de su casa, el 51 el de la de ella.

No sabía ni su nombre ni nada de ella. No necesitaba datos tan típicos. Le bastaba su presencia. El hecho de que existiera una chica así, le produjo un escalofrío que no recordaba haber sentido nunca antes.

Hasta entonces, su vida había consistido en muchas repeticiones diarias. Si hiciera balance de sus 35 años de edad, este no ofrecería nada sustancial, nada nuevo, nada verdaderamente suyo. Todo había sido muy normal y fácil. Un paso tras otro. Ni una sola victoria. Ni una conquista.

Una vida conquistada de antemano, rendida sin batalla, sin la menor resistencia. Si quisiera trasladar a un gráfico el curso entero de su vida, sus 35 años, sin duda que trazaría una línea recta, una línea completamente recta.

No es que él fuera el único que tenía una vida así. Muchas, muchísimas personas a su alrededor tenían la misma vida inmóvil, pero no importaba. Había puesto su propia vida en el banquillo de los acusados y la juzgaba cada día y cada hora.

Al principio, la vio como era: una chica joven y graciosa. Calculaba que tendría unos 22 años.

No podía sospechar qué dimensión tomaría pronto su presencia en su conciencia, no podía adivinar qué giro inesperado ocurriría en su vida, cuando, a través de las cortinas que cubrían su ventana, vio llegar una tarde a la casa de enfrente, en el número 51 de la calle Crisantemos, en el tercer piso, a los nuevos inquilinos. Era el 12 de septiembre.

Poco a poco, su soledad en el apartamento de dos habitaciones sufrió una alteración. La causa: la chica del bloque de enfrente. Ella, por supuesto, desconocía su existencia, no tenía ni idea de que hubiera dos ojos detrás de las cortinas, clavados en su ventana, dos ojos que la espiaban cada vez que salía a la calle o al balcón.

Conforme pasaban los días y las noches la chica de enfrente ganaba espacio en su vida. Ya no era solo una mujer, ni siquiera sólo una mujer cautivadora. Era algo mucho más: un ideal. El ideal.

Así como la veía cruzar la calle totalmente sola y como si no tocara la acera, así como la había entrevisto detrás de una ventana cerrada o entrecerrada hasta que se paraba y luego desaparecía al fondo, así como la había descubierto en su interior, le había dado una tercera dimensión: la dimensión que tiene el ideal.

Representaba una cima inexplorada que él quería pisar, aun arriesgándolo todo, sólo por ganar en su vida, por fin, una meta alta, es decir, conquistar una tierra virgen.

No podría explicar en detalle cómo se conformó aquel proceso secreto en su conciencia, cómo la chica del 51 de la calle Crisantemos se transformó en un símbolo, cómo y por qué llegó a pensar en ella todo el tiempo, a sentirla, a intuirla. Pero, ¿qué importancia tienen las explicaciones cuando el hecho por sí mismo habla?

Pasaba horas y horas clavado en la ventana, camuflado por las tupidas cortinas. Acechaba sus pasos, su aparición en la ventana o en el balcón.

Había determinado cuál era su habitación, la segunda por la izquierda, en la fachada; la acompañaba todas las noches mientras ella mantenía su luz encendida y se quedaba leyendo. Seguro que leería, un libro... una revista... No se iba a la cama si no veía apagarse la lámpara de su habitación, si las rejas de su ventana no se oscurecían.

Dos meses y medio después del momento en que la vio por primera vez y todavía no se había atrevido a pararse frente a ella algún día, a esperarla una mañana en la calle y mirarla directamente a los ojos, cara a cara, y decirle unas palabras, algo por fin, aunque fuese simplemente su nombre. O una tarde, cuando ella saliera a su balconcito, abrir su ventana de par en par y fijar su mirada en ella. Aún no se había atrevido a nada. Por lo tanto, ella desconocía por completo su existencia. Para ella era un desconocido. Para ella era como si no existiera. Y eso se fue haciendo tan importante, que, poco a poco, él empezó a sentir que no existía objetivamente. Tenía que ofrecerle su "presente" lo antes posible, para validar de esta manera su existencia, su hipóstasis.

No obstante, cada vez que decidía seguir adelante, sentía tanta agitación que dejaba a medias los planes que había elaborado hasta en su último detalle.

¿Había apuntado demasiado alto? ¿Era un caso condenado al fracaso desde el principio? A menudo, muy a menudo, sufría furia, histeria, una desesperación negra, pero nunca tuvo la intención de abandonar. No, no tenía derecho a abandonar, tenía que mantenerse fiel a su ideal, pegado, enganchado a él.

La chica del 51 de la calle Crisantemos suponía algo diferente, algo completamente nuevo en su vida. Lo presentía, sabía que el camino para conquistar su ideal estaría lleno de obstáculos e imprevistos, como escalar el Everest o algo similar.

Sin embargo, valía la pena intentar aquella conquista, precisamente porque, ante todo, sería una lucha nada fácil, no una lucha cualquiera. Caería, en el momento X, en la batalla; iría con pureza, pero también con prudencia. Y, finalmente, alcanzaría la cima inexplorada, obtendría una increíble victoria. Su conquista sería total, completa, en espíritu, alma y cuerpo. Una conquista que daría a su vida miserable nuevas extensiones, horizontes que ni siquiera había sospechado hasta ahora.

Había planeado íntimamente todos los detalles. Cómo hablaría con ella por primera vez. Cómo daría el segundo paso, el tercero, el cuarto. Y cómo terminaría: los dos en una cama, unidos indisolublemente para siempre. Entonces, se inclinaría y la besaría debajo de la oreja izquierda… O quizás: entonces se inclinaría ella y lo besaría debajo de la oreja izquierda, es decir, lograría hacer ella lo que él había planeado hacer. Luego, él contraatacaría, la agarraría por la cintura y la levantaría en alto, muy alto…

Ahora bien, para llegar al culmen erótico, tendría que pasar por muchos puntos intermedios, con evoluciones y desviaciones desconocidas, con multitud de posibilidades, porque su divinidad, por supuesto, no cedería de inmediato, con el primer esfuerzo. Aquella divinidad tan lejana y tan cercana.

Encontró la carta al mediodía, cuando regresó a su casa. Había dos cartas más, una de la hermana de su madre y la segunda de la Empresa de Desarrollo Productivo, de la que era socio fundador, desde hacía ya mucho tiempo. En cuanto a la tercera carta, no sabía de quién era. El sobre no tenía remitente y no podía abrirla. Una carta que no estaba dirigida a él…

Su nombre y apellido escritos claramente (ya los sabía). El cartero se había equivocado. En vez de echarla en el 51 la echó en el 54.

Tanto lo perturbó esta carta inesperada que no pudo comer nada; siempre solía comer en casa, freía un par de huevos o compraba comida preparada en paquetes. No pudo ni comer ni acostarse, a pesar de que siempre echaba una siesta a mediodía, sin falta, aunque se acabara el mundo.

¿Qué hacer con la carta? ¿La llevaría a la Oficina Central de Correos o la echaría a un buzón cualquiera tal cual estaba? ¿O escribiría previamente en el sobre: "Por error no fue entregado en la dirección consignada en el sobre"? ¿O quizás escribir algo diferente? Y si escribiera cualquier cosa en el sobre, ¿cómo lo escribiría? ¿A mano o mecanografiado? A lo mejor a máquina.

Así pues, una opción sería enviar la carta de nuevo. Una segunda opción, que la diera a su casera y rogarle que se encargara de lo demás. Pensó en esta opción, pero no le acabó de gustar. Tenía miedo de que la astuta de ella adivinara qué le estaba pasando, que se fijara en que tenía nerviosismo, un tono extraño en la voz... ¡Que no! La opción de implicar a una tercera persona debía excluirse.

Lo chistoso es que pensó en llevar él mismo la carta, tocar el timbre y entregársela. Una oportunidad de empezar a conocerse. Se burló de sí mismo, de que se le hubiera ocurrido pensar algo tan improbable. Ni siquiera tenía la tranquilidad mínima necesaria para atreverse a tal cosa.

Entre un pensamiento y otro fue pasando el tiempo y casi no se dio cuenta. Empezó a anochecer. No se había movido de su habitación. La carta, encima de la mesa. ¿Llevarla al portero del bloque? ¿Echarla por debajo del portal del bloque a una hora tardía de la noche? No sabía por cuál optar, qué decidir.

De vez en cuando tomaba la carta en la mano. Trató de leer a través del sobre. ¡Imposible! ¿Quién le habría escrito? ¿Hombre o mujer? La letra era extraña. El remitente podría ser hombre o mujer. Y si era hombre, ¿quién era? ¿Un amante? ¿O un pretendiente? Olió una y otra vez el sobre. Le pareció que estaba perfumado. Más tarde, que no. Sintió un apretón diferente en el corazón. En el corazón no; ahí por el estómago. ¿Por celos? Sí, tenía celos del desconocido que había escrito aquella carta. ¿Quemarla de una vez? ¿Eliminarla? ¿Romperla en mil pedazos y tirar los trozos al inodoro, y tirar de la cadena una, dos, tres veces?

Cuando se detuvo delante de la puerta –su piso tenía el número 11– y tocó al timbre, no oyó nada, ni siquiera el sonido del timbre. Quizás no hubiera nadie en casa. Sin embargo, había visto luz, y además en su habitación. Quizás el sonido era muy tenue y no resultase posible escucharlo desde fuera. Quizás estaba dormida en su habitación o no lo había escuchado. O quizás estaba en el baño. No se fue. Esperaría para asegurarse. Solo que se movió un poco al lado, de manera que, si la puerta se abría, no estuviera justo delante.

Cómo tomó la decisión, no lo podía explicar; fue asunto de segundos. Aquella misma noche, en tanto no sabía cómo arreglar lo de la carta, en tanto cambiaba de opinión cada dos por tres, de forma totalmente inesperada, cogió la carta y salió casi corriendo… No fue tras haberlo pensado que dio el salto. Fue un instinto, una fuerza no revelada que lo sobrecogió en un instante y lo lanzó a la otra orilla de la calle, del bajo del número 54 de la calle Crisantemos, al 51, 3º. Se la llevaría él mismo; de hecho, ya se la estaba llevando y no importaba que fuese tarde, pasadas ya las diez y pico. Le resultaba imposible no ver a su ideal de cerca. Ahora. Sería ahora o nunca.

Casi no tenía idea de qué decirle. Sin duda, le hablaría de la carta. Y se la daría. Era suya. Pero, ¿qué le diría después? Por supuesto, seguiría: en cuanto ella abriera la puerta y la viera y...

Un estampido como de disparo lo inquietó. Era el ascensor, al que llamaron al bajo justo en el momento en que trataba de escuchar si se oía algún ruido procedente de su apartamento. Ahora no podía escuchar; el ascensor, que bajaba y subía sin apenas pausa, tapaba cualquier otro ruido. Vino y paró en la misma planta. Un señor y una señora salieron. Avanzaron por el pasillo, no sin mirarlo de reojo. Aún más la señora, con sospecha.

Pensó tocar el timbre una segunda vez. En ese momento, cuando tenía el dedo a punto de pulsar, la puerta se abrió y la mujer ideal estaba enfrente de él. Un rizo le caía en la frente, a la izquierda, hasta los ojos. Era obvio que se había puesto algo en los pies rápidamente. Estaría en la cama o en el baño. Sus pies, desnudos, en unas zapatillas orientales.

—Por favor…—, se lo dijo en un tono como si le dijera "Pase, pase, no se quede en el pasillo, hay corriente, se va a resfriar".

—Tengo una carta para usted—, encontró el valor para hablar y se la dio.

—¡Para mí! ¿Y qué me escribe?— preguntó tomando el sobre.

—No lo sé…

—¿Cómo que no? ¿No sabe lo que ha escrito?

—No es mía esta carta. Me explico: no la he escrito yo. Otra persona la ha… El cartero la echó por error a mi puerta, al 54.

— Ah, sí! Así que somos vecinos. ¡Estupendo! No es una carta confidencial. Es de mi tía que reside en la provincia. ¡Por favor, venga más para acá, no se quede en la corriente!

Y mientras ella cedía, la siguió como magnetizado. Por fin, empezaba la lucha por la conquista de lo ideal. Con las mejores expectativas, las más optimistas. Que no, ¡que no se deje llevar! La victoria final no sería nada fácil. Haría falta una lucha: una lucha dura y larga.

—¿Puedo ofrecerle algo…?— le dijo. —¿Qué le apetece? ¿Un vermú? ¿Un whisky? ¿Con agua? ¿Con hielo? ¿Con soda? ¿O solo?

Habían avanzado hasta el salón. La puerta se había quedado abierta. Ella se apresuró ágil, salerosa, a cerrarla. Se acercó a él.

—¿Entonces? ¿Ha decidido qué va a tomar?

La miró de soslayo, como si tuviera miedo de sus ojos.

—No quiero que se tome la molestia…

—Pero ¿qué dice? El que se ha tomado la molestia ha sido usted. Siéntese, ¿por qué está así, de pie? ¡Como si fuera un acusado!

—Un vermú, lo tomaría con gusto. Solo, por favor.

Se sentó en el sofá, un sofá ancho y bajo con muchos cojines multicolores.

—¡Muy bien! Un vermutito. ¿Lleva mucho tiempo viviendo en el barrio?— le preguntó asomándose al bar para servir el vermú.

Se fijó en su pierna derecha, desnuda hasta encima de la rodilla. La observó por atrás, aquel hoyo en la articulación lo volvió loco.

¡Parece una axila! pensó, y se le puso la piel de gallina.

—¿Tiene usted frío?

—¿Si tengo frío? No, gracias. Todo lo contrario: hace mucho calor. Quiero decir... calidez.

Ella se puso a reír con una risa entrecortada y repetitiva que hizo que sus pechos saltaran.

—¿Calidez? ¿Cómo se le ha ocurrido esta palabra?

Hizo un movimiento con los hombros como si quisiera decir "Me es imposible revelar mis fuentes. Son confidenciales. ¡No me presione, por favor!"

—¡Salud!— alzó su vaso con un estilo muy formal - ni que estuviera en un festín del Rotary.

—¡A su salud!

—Muy buen vermú, muy fino—, opinó al tiempo que se decía "¡Que no chasquees la lengua como sueles hacer! ¡Que no juegues con la lengua!"

Así pues, lo ha conseguido: chasqueó la lengua y se avergonzó tanto que se le fue el vaso de la mano y se cayó en la alfombra.

—¡Uy, discúlpeme!—, balbuceó y sintió que se le habían enrojecido las orejas: le quemaban, picaban. —¡Soy horriblemente torpe!

— ¡No es para tanto!— lo tranquilizó. —No vale la pena... no es para morir. De todas formas, el vaso estaba vacío.

—Creo que ya es hora de irme. Que no le moleste más de lo debido.

—No quiero presionarle—, dijo ella y se levantó primero. —Si usted cree que es tarde…

—No, no. No quería decir que es tarde. No es nada tarde y…

Estaban de pie delante del sofá. Notó que estaba cubierto con una tela estampada.

Ella le dio la mano y le dijo "Buenas noches". Trató de decirle "Buenas noches". No acababa de decir "Buenas" o "Bue" o "B"; tan repentinamente y con tanta fuerza lo agarró; se resbalaron (o no se resbalaron) y se encontraron en el sofá, la tenía encima. Entonces ella se inclinó y lo besó debajo de la oreja izquierda, alcanzó a hacer ella exactamente lo que él había planeado hacer.

—¡No!— le gritó y saltó.

Quería decirle: "¡No me destruyas lo ideal! ¡No me des otra experiencia fácil, barata, corriente! ¡Que no!". Pero no puede explicarle nada: tiene la boca aprisionada por la suya, ella está a punto de desabotonarle la camisa.

—¡Que no!— dice y se le escapa; un botón suyo se le queda en la mano.

—El ¡*Que no*! se supone que es propio de nosotras, no de ustedes—, le espeta ella.

Él ha abierto ya la puerta y se dirige a la escalera, desmelenado, sudado, rebelado, con la camisa fuera de los pantalones.

La madre

En el momento en que le planchaba los pantalones, los buenos, la ropa de domingo, en el momento en que empleaba todo su empeño en hacer bien la raya, ahí viene jadeante –decían que padecía asma– la mujer del tendero del barrio:

—¡Gran desgracia en Kalogreza! ¿Que todavía no te has enterado?—, le gritó desde la calle, aprovechando que la ventana estaba abierta y la vio planchando.

—No, no sé de qué me estás hablando. ¡Mi Yannis!...

—No sé si Yannis está dentro. Ahora mismo me acaba de llamar mi concuñada y me lo ha contado todo. O sea que todos los que trabajaban en la galería de la explosión han muerto allí mismo.

Por el susto al enterarse de lo sucedido, dejó la plancha encendida pegada sobre los pantalones. Ella, que tanto afán ponía en hacer la raya a la perfección; su Yannis, que siempre se burlaba de ella: "Madre, otra vez que no te ha quedado bien la raya. A ver cuándo lo consigues, que te felicite."

Dejó la plancha y se asomó corriendo a la ventana:

—¿Sabes algo más? Dime, ¡que me vuelvo loca!

—No sé nada más —le aseguró la mujer del tendero—. Sólo lo que me han dicho por teléfono. El turno de las dos a las diez voló por los aires. La galería explosionó y los aplastó. Y tu Yiannis ¿en qué turno estaba?

— De dos a diez —contestó como hipnotizada.

Justo en aquel momento, alguien, desde la tienda del barrio, gritó que había clientes esperando.

—Me voy —le dijo la mujer. Ánimo, que puede que se haya escapado.

Fue a retirar la plancha; la desenchufó. La tela se había fundido en los dos lados; pero, ¿qué importaba ahora la tela? Lo único que le importaba era que Yannis, su Yannis, su hijo único, estaba hoy, noche de sábado, en el turno de dos a diez.

Se puso algo encima. Echó una mirada a la fotografía del padre, dudó un momento… ¿hablarlo con él, decirle las noticias o callarlo todo? El padre la miraba tranquilo y sonriente como si no pasara nada. Igual de tranquilo y sonriente se había vuelto a mirarla entonces, cuando se lo llevaron de la casa los alemanes, en 1944. Era agosto, 11 de agosto. Yannis empezaba a gatear; todavía no decía muchas palabras: solo "papa", "mamá", "brum-brum". Luego, el Yannis de los dos, se hizo solo suyo. Porque el padre no volvió a pasar por el umbral de la casa; se fue, se perdió, se lo llevaron con otros a Alemania, a Buchenwald dijo uno, a Dachau dijo otro. ¿Qué más daba? La gente estaba muerta de todas formas.

Tenía que hacer tres trasbordos en medios de transporte distintos para ir de Pérama a Kalogreza. Tomar el tranvía desde Pérama y bajar en el Pireo, ir a la estación de metro y, desde allí, en metro, hasta Omonia, y desde Omonia, en autobús, hasta Kalogreza.

En una ocasión anterior había ido a buscar a su Yannis, pero entonces no por algo malo. Fue hace año y medio, cuando había pasado el tío de Yannis –primo de su padre– por el Pireo. El tío vivía desde hacía muchos años en América, en una ciudad que se llamaba Detroit.

Había corrido, pues, a avisar a su Yannis de que el tío iba a quedarse en el Pireo solo unas horas, así, que cuando saliera del trabajo, que fuera a encontrarse con él en el hotel "To Makedonikón", cerca del Reloj, segunda manzana a la izquierda. Y no solo eso, su tío había bautizado a Yannis y, seguramente, tendría un buen regalo que darle. Diez años enteros habían pasado desde la última vez que había viajado Grecia, entonces también muy de prisa. Conclusión: que su Yannis fue a "To Makedonikón", voló para llegar lo antes posible y su tío le regaló un utensilio de los que sirven para abrir botellas; Yannis le había dicho cómo se llamaba exactamente, pero no conseguía nombrarlo, se le trababa la lengua.

Ahora iba a buscar a su Yannis con el corazón negro de luto. No sabía qué iban a ver sus ojos. En su afán de irse, de correr a su lado, de llegar a tiempo –¿llegar a tiempo de qué?– se le ha olvidado llevar un pañuelo. No le bastaba con el catarro, tenía también las lágrimas. Le entristeció mucho no haber llevado un pañuelo con ella y le parecía que todos en el tranvía y en el tren fijaban sus miradas en ella cuando se secaba de vez en cuando la nariz o los ojos –o los dos– con la punta de su chal.

"Ojalá fuera pájaro para volar..." decía una y otra vez en su interior –la canción que le gustaba en su juventud, cuando en la casa no estaba la foto del padre, sino el padre mismo. No veía la hora de llegar a aquella Kalogreza de desdichas. Mientras el metro dejaba la estación de Monastiraki e iba para Omonia, se despistó y dijo en voz alta:

—Ojalá fuera pájaro para volar...

—¡Déjanos en paz, madama, con tu tabarra!, —le soltó el de al lado, uno de pajarita y mochila negra atiborrada, que llevaba en brazos como si fuera un bebé.

Se quedó quieta en su rincón; le perturbó tanto que la hubieran reprendido que no se dio cuenta de que pasaron la estación de Omonia y la siguiente también. Al final se bajó en Attikí.

Subió la calle Patisíon, parando de vez en cuando a recuperar el aliento; es que tenía esa dificultad respiratoria que la torturaba desde hacía años. Pero tenía que llegar allí lo antes posible: su Yannis la estaba esperando.

Contó el dinero suelto que tenía en su pequeño monedero, a ver si le alcanzaba para tomar un taxi: 11,60 en total. En la plaza Amerikís había una parada de taxi. Fue a preguntar cuánto costaba la carrera hasta Kalogreza.

—Tengo 11,60, —dijo al taxista en voz baja, como si hubiera cometido algo malo.

Le contestó que no se podía, que la tarifa doble era la que subía la cuenta.

Paró como si tuviera que tomar una decisión.

—Bueno, ¿y si vamos hasta allí y paga Yannis?

—¿Yannis? —dijo el taxista.

—¡Mi hijo! —soltó como si fuera muy extraño que el hombre no supiera quién era Yannis.

—Entonces, la cosa cambia, —consintió el taxista y le abrió la puerta.

Quiso entrar, puso un pie dentro y se detuvo.

—¿Y si mi Yannis…? —se preguntó con sigilo y enseguida salió del taxi y se acurrucó en su chal.

Tan solo con pensar "¿Y si mi Yannis…?" sintió que se le helaba el pecho y los pies.

—No importa, mejor voy en autobús, —dijo y caminó en la noche.

Era tal la tranquilidad cuando llegó a la mina de lignito que por un instante se le ocurrió que hubiera sido un error, que la llamada hubiera sido por otra cosa y no por el accidente en Kalogreza; todo estaba muy tranquilo como espolvoreado por la bruma nocturna del invierno. Sin embargo, cuando cruzó el recinto, vio a mucha gente y policías juntos conversando enfrente de una cubierta, vio también coches parados con luces rojas en el techo, vio también a mujeres y a niños. ¿Cómo era posible que no los hubiera visto antes?

Se acercó. Un nudo le apretó el corazón. Se quedó al lado de un obrero ensangrentado al que su mujer apretujaba sobre ella y que no paraba de dar explicaciones.

—¿Mi Yannis? —preguntó al pasar entre un cabo de la guardia y otro vestido de paisano que fumaba continuamente.

Le preguntaron por el apellido; en el turno de dos a diez había cinco con el nombre de Yannis. Cuando les dijo el apellido, no le dieron ninguna respuesta. Únicamente se giraron y la miraron todos aquellos desconocidos; se dio cuenta de que la mujer del obrero que se había salvado lo apretaba aún más fuerte contra ella.

—¿Mi Yannis...? —dijo otra vez.

Menos mal que le dio tiempo a reaccionar al cabo de guardia porque si no se hubiera desmoronado en el suelo. No, no aguantaba pasar la noche sin su Yannis. Toda su esperanza ahora, la única esperanza que tenía, era encontrarlo allí en la morgue. Si tuviera la suerte de encontrarlo, apretarlo contra ella, acurrucarlo en su regazo, calentarlo, así como la mujer del obrero.

Cuando le dijeron que tal vez su Yannis estuviera allí, que quizás se lo hubieran llevado allí, hubo un anhelo en su corazón. ¡Ay! ¡Que sea posible ese milagro! ¡Que haya escapado su Yannis de las profundidades de la fría tierra! ¡Que no se lo haya tragado la tierra, sólo y desamparado, sin duelo, despeinado, intacto! ¡Que pueda encontrarlo allí, llevárselo a casa, que pueda lavarlo, cambiarlo de ropa, ponerle su ropa de vestir, de domingo, la americana verde grisácea de cuadros y los pantalones recién planchados, con la raya que por primera vez logró planchar perfectamente, y en cuanto a la parte quemada, sabía ella cómo zurcirla, arreglarla estupendamente, que no fuera nada visible! Y después, que pueda llevar ella misma a su Yannis, mañana, domingo por la tarde, vestido con ropa de domingo, como cuando era pequeñito y lo sacaba de paseo cada domingo por la tarde. Ahora también lo sacaría de paseo, pero esta vez volvería sola a su casita. Mañana domingo, hacia el atardecer, sola, sola y desamparada, mañana y también pasado mañana y así para siempre.

El primer supuesto no afectaba su Yannis, su Yannis no estaba entre los ocho que se habían salvado. Los habían registrado a los ocho; el cabo de la guardia tenía la lista y le leía, uno por uno, los nombres, por separado y como si pasara lista. El turno incluía a diez más. En total, dieciocho. De los diez que no se salvaron, cuatro estaban ya allí, en la morgue. Los seis restantes, en el fondo de la galería, acurrucados en las entrañas de la tierra como fetos sin vida ni futuro.

—Tu hijo, sin duda, no está entre los vivos. Está entre los…entre los otros. Vete a buscar por si está entre los cuatro de la morgue. Se los llevaron, ya ves, de prisa y no me ha dado tiempo a pasarlos a la lista. Si no está entre los cuatro, pues significa que está entre los seis que se quedaron al fondo, tal y como los enterró la galería que se hundió. A ver en cuántos días podremos sacarlos. ¿En tres? ¿En cinco? ¿En diez? O nunca.

—¿Para los de Kalogreza? —le dijo uno de los dos guardias de la morgue, el más alto, que tenía un transistor pequeño y buscaba una emisora de radio.

—Mira, allí los tienen. Segundo pasillo a la derecha, primera puerta a la izquierda.

Se paró y lo miró. Miró al otro también. Como si esperara que la llevaran hasta allí; no había ido ninguna vez a una morgue.

—¡Vete sola! —le dijo el hombre alto. —¿Por qué me estás mirando? Nosotros hemos hecho nuestro trabajo, los recogimos uno por uno, además los tapamos con sábanas. Bueno, creo que está bien para el sueldo de miseria que nos da el estado. Nos paga lo suficiente para que los tapemos, pero no para estar destapándolos una y otra vez.

Se había puesto nervioso al acordarse de su sueldo; puso el transistor a todo volumen y en la gran sala desnuda irrumpió una canción pop.

—¡Bájalo! —le dijo su compañero.

—¿Por qué? ¿Tienes miedo de molestar a la clientela?

Y volvió hacia ella y le espetó:

—Nosotros dos hemos dicho lo que teníamos que decir. Segundo pasillo a la derecha, primera puerta a la izquierda.

Siguió andando sola. Tenía un hueco en el pecho.

—¡Oiga, señora! —la llamó el alto al entrar en el pasillo central. Abra la puerta y váyase para dentro directamente. No tiene que tocar. ¿Vale?

Abrió la puerta que le había dicho el guardia: segundo pasillo a la derecha, primera puerta a la izquierda.

Esperaba que la puerta chirriara –así se sentía en aquel momento–; las puertas de una morgue tendrían, sin duda, que chirriar. La puerta se abrió muy suavemente, ni chirrió ni nada. Había muchas más mesas en la habitación, mesas altas, alargadas; ocupadas, sólo cuatro con los cuatro de Kalogreza.

"¡Se estará incómodo ahí arriba!", pensó.

La habitación, triste. Y la luz, una amarilla. De un amarillo feo. Siguió andando. ¿Por quién empezar primero? Se paró, como si fuera a sacar la papeleta en un sorteo. Al final, le tocó al que estaba pegado a la pared.

No, el primero no era su Yannis. Con cuidado, como si le diera apuro, quitó la sábana, destapó la cabeza. No hizo falta ver la cara, vio el pelo. Rubio. Rubísimo. Su Yannis era moreno.

No, el segundo tampoco era su Yannis. Llevaba bigote este segundo. Su Yannis no lo llevaba.

¿El tercero? Podría ser su Yannis. Por la cara desfigurada, no podía decir ni que sí ni que no. El cuerpo, del tamaño de su Yannis. Dejó la cara y fue a los pies. Apartó la sábana, cogió el zapato izquierdo– todos llevaban las mismas botas militares–. Tiró con fuerza del zapato, y no salía. Tiró con todas sus fuerzas, por fin se lo quitó. Casi se cayó al sacarlo con tanto ímpetu. Luego le quitó el calcetín. No, no era su Yannis. Su Yannis tenía el dedo medio cortado; un buscapiés se lo había cortado, tendría más o menos diez años, un sábado santo, por la Resurrección de Cristo.

En cuanto al cuarto, no hizo falta investigar mucho: él también tenía bigote.

Luego, sintió que sus rodillas se doblaban; no había ninguna silla en la habitación. Subió con esfuerzo a la mesa del cuarto, se sentó al lado de sus pies. Empezaba a sentirse cómoda ahí arriba cuando observó el pie del tercero, del que acababa de quitar el zapato y el calcetín, lo había dejado desnudo.

"¡Tendrá frío!", pensó.

Se deslizó de la mesa, fue hasta él y le puso de nuevo el calcetín y el zapato, y, además, le arregló bien la sábana.

Escuchó un reloj sonando ¿de alguna iglesia? Contó uno, dos, tres… diez, once, doce…

"Medianoche", pensó, pero al instante contó trece.

—No sabía que el reloj llegaba hasta trece—, dijo ahora en voz alta.

—¿Desde cuándo cambió el sistema? Pues, ¡tantas cosas cambian cada día en nuestra pequeña Grecia!

Estornudó y dijo: —¡Perdón!

Eso solía decir si por casualidad estornudaba delante de gente. Y en ese momento había gente en aquella habitación, estaban los cuatro obreros que habían depositado encima de aquellas largas mesas. No había otros muertos extraños en la habitación, sólo los cuatro de Kalogreza.

Su Yannis no estaba, no, entre los cuatro. Los había destapado uno por uno. Los había mirado muy bien; la luz no era muy fuerte, pero los había mirado muy bien. Su Yannis no tenía la suerte de estar entre los cuatro, pues su Yannis se había quedado en las profundidades de la tierra. Su Yannis, un carbón entre carbones.

No sabía cuánto tiempo llevaba en la habitación con los cuatro. ¿Media hora? ¿Una hora?

Subió a la mesa del tercero. Curiosamente, sus lágrimas se habían agotado. Ya no tenía lágrimas, sólo un resfriado y no tenía pañuelo. ¡Cómo se le pudo olvidar coger su pañuelo al salir de casa! Estaba a punto de limpiarse en su chal, le dio vergüenza. La estaban mirando los cuatro, ya que les había dejado las caras y los ojos descubiertos. Levantó su sábana, buscó en sus bolsillos, encontró su pañuelo, arrugado, con dos zurcidos.

"Su madre se lo habrá zurcido", pensó.

Se sonó la nariz y puso el pañuelo en el bolsillo de su bata. Ay, ¡cómo se ocupaba de lavar y planchar y zurcir los pañuelos de su Yannis! Su madre... sus madres.

Cuanto más tiempo pasaba con los cuatro alrededor de ella, más cerca de ellos se sentía, cada vez más cerca de ellos; no tenían a nadie allí, la madre de ninguno estaba con ellos. ¿No estaba...?

Al principio le pareció que estaba soñando con muchas personas que la rodeaban y que tenían algo como un bloc de notas y que escribían, escribían continuamente... pero no era, en absoluto, un sueño. Cuando abrió sus ojos –porque se había quedado dormida en la mesa– vio a todos aquellos que llevaban sus blocs de notas entrando por el pasillo; eran seis o siete.

Bajó de la mesa. Por poco no se le enganchó la bata en un clavo.

—¿No hay nadie aquí? —dijo en voz alta uno de ellos.

—Yo.

Entonces la rodearon.

—Somos periodistas —dijo uno.

113

—Estamos aquí por las víctimas de Kalogreza —dijo otro.

—¿Y tú quién eres? —dijo un tercero.

—¿Yo? Su madre.

—¿Su madre?

—¡Ah, su madre!

—Bueno, ¿son todos tus hijos?

—¿Los cuatro?

—Mis hijos, sí.

Los periodistas escribían, escribían: "Tragedia sin precedente. Madre ha perdido a sus cuatro hijos."

—¿Sus nombres? —dijo uno.

Recogió su chal, fue hasta el primero de los cuatro y lo miró fijamente a los ojos:

—Mi Yannis, —dijo.

—¿El otro?

Fue al segundo y le acarició la frente:

—Mi Yannis, —dijo.

Luego, al tercero y le levantó la mano derecha, que se le había caído:

—Mi Yannis, —dijo.

Y al cuarto, fue y le arregló el pelo, que se le había caído a la altura de los ojos:

—Mi Yannis.

La ventana

Ese ha sido su secreto, su propio descubrimiento que, poco a poco, se había realizado en su conciencia, en su corazón. Un descubrimiento que tenía su punto de partida y su fin en todo lo que había vivido hasta ahora, a sus 43 años. "Nosotros, los seres humanos, estamos solos, completamente solos. Millones de seres humanos completamente solos. Cada uno de nosotros como si fuera el único hombre en la tierra. Una Humanidad solitaria…"

Eso era lo que sentía reconcomerle por la mañana, al mediodía, por la noche, los días laborales y los días festivos. Y, quizás, más agobiante aún le parecía el descubrimiento de la soledad cuando no trabajaba en la oficina y lo rodeaba entonces todo lo que había venido acumulando sin parar a lo largo de 43 años.

Aunque no es que no tuviera la misma situación también en el ministerio cada lunes, martes, miércoles, jueves, viernes, sábado, de 8,15 a 14 horas y de 17,30 a 19,30 horas (excepto el sábado). También allí cargaba con la sensación de soledad, como una cicatriz que hubiera quedado estampada para siempre.

¿Descubrimiento suyo la soledad? No había descubierto algo desconocido, no. No había inventado la soledad, sino que la llevaba en la sangre. Y era como si la soledad existiera ahora por primera vez. Igual que pasa con cualquier cosa en nuestro mundo, el amor, por ejemplo, o la muerte. Cuando el amor o la muerte marcan a alguien, él se siente el primer enamorado o el primer muerto.

Era el 22 de noviembre, hacia el mediodía. No había hecho más que empezar a dar registro a los documentos entrantes que se habían entregado por la mañana, cuando entró el bedel de la dirección. Cerró la puerta, apoyó la espalda en ella y los miró a todos –los ocho funcionarios del departamento de Programación– uno por uno.

—Tengo una noticia para vosotros, —dijo finalmente el bedel con aire de confidencialidad. —¡Una noticia increíble! Vuestro señor jefe de sección, que no ha aparecido en los tres últimos días, está trasladado. Sí, ha sido ya trasladado a una provincia, y salió urgentemente ayer por la noche. De modo que, desde mañana a primera hora tendréis otro jefe de sección. Ya sabéis.

El bedel tenía confianza con todos –se la había otorgado él mismo; le gustaba bromear, sobre todo con humor negro–. Una vez, había abierto con ímpetu la puerta y gritó:

— El presidente del gobierno está haciendo una inspección.

Se mataron todos por ordenar sus escritorios, metieron sus periódicos y revistas en el fondo de los cajones; la chica que tenía a su cargo el archivo, y que en aquel momento daba unos puntos en una media, se pinchó por el sobresalto. Y mucho más inventaba el bedel de cuando en cuando, bendito en el fondo y muy atento con los empleados.

Si no hubiera estado concentrado en el manual de protocolo cuando el bedel les dio la noticia, se habría encogido de hombros como queriendo decir: "¿Y qué sentido tiene el cambio? Un jefe de sección es siempre un jefe de sección, ni más ni menos." Sin embargo, se había sumido por completo en el aquel enorme manual y no le venía bien hacer tal movimiento.

¿Qué podía significar un cambio de jefe de sección? Tenía el mismo significado que el cambio de un engranaje, cuando se saca un engranaje y en su lugar se coloca otro. En el mecanismo del servicio público los cambios de los engranajes no tienen significado especial. Así pues, no dijo nada, no hizo ningún movimiento, ningún gesto; cogió los documentos entrantes y empezó a clasificarlos.

Sería el último hombre en la tierra que pudiera explicar el suceso. Pero aun así, él era el protagonista, uno de los dos protagonistas. Extras no había. O mejor dicho, los extras eran, en su ignorancia, el resto de los empleados del Departamento de Programación. No tenían ni idea de que eran extras en el rodaje de cada día, por la mañana y por la tarde. No tenían ni idea de su papel. Sin embargo, tampoco tenía ni idea uno de los dos protagonistas, esto es, el nuevo jefe de sección, el cual llevaba ya dos semanas y media en el departamento.

Respecto al otro protagonista, se había metido de lleno en el guion, muy suavemente, sin darse cuenta. No estaba en condición de poder dar la más mínima explicación sobre cómo el nuevo jefe de sección había tomado para él un significado tan importante. Quizás porque era una cara nueva, desconocida, una posibilidad… La posibilidad de que disolviera él la sensación de soledad que había cuajado en el corazón del administrativo de clase A que se encargaba del protocolo en la esquina a la derecha del patio de operaciones, hacia la ventana.

El nuevo jefe de sección era "nuevo" también de edad, apenas 34. El bedel de la dirección se había ocupado de informarles. Alto, vestido con mucho cuidado, sin amaneramiento, muy educado con todos y muy formal.

Cuanto más lo veía desde su rincón, cuanto más lo espiaba entre los gruesos manuales del protocolo, como si estuviera metido en una trinchera, tanto más depositaba su esperanza, la última, en él. Quizás el jefe de sección desmintiera que nosotros los seres humanos estamos solos, completamente solos en el fondo, envueltos en una gasa impenetrable de soledad; que tenemos una venda en los ojos, en el corazón.

Desde el momento en que su última esperanza para que se desmintiera dicha soledad se depositó en el nuevo jefe de sección, era como si hiciera girar sobre él todos los focos para iluminarlo totalmente, para estudiarlo, para detectar una contracción en su cara, algo que mostrara que es una persona cálida, que se acerca a los demás, que los demás no son entidades, números, peones, que los demás no son para él nada más que casos de soledad.

Con la inesperada aparición en escena del jefe de sección, se había dado a sí mismo un aplazamiento más para emitir el veredicto definitivo, irrevocable, irreversible: "Estamos todos completamente solos."

Tenía una nueva carta para jugar, la última, ahora que un desconocido X había venido y se había quedado frente a él, en el otro rincón de la sala grande, a la derecha de la puerta. Tenía un mínimo margen de tiempo, el justo para tomar el pulso del jefe de sección, para experimentar con él y, dependiendo del resultado de su investigación, decidir.

A menudo le ocurre que se compara con otra persona, aunque no sepa nada de él y no lo conozca personalmente, resulta que se compara y juzga la esencia de un valor. Tomando como única medida y criterio uno u otro comportamiento de dicha persona, llega a una conclusión: "No existe en el mundo bondad" o "Existen todavía personas con conciencia".

Y la esencia de Dios, su presencia entre nosotros, es decir, su existencia, puede ganarse o perderse en el corazón de una persona en unos segundos, cuando dicha persona apuesta por otra, y dependiendo de si consigue cara o cruz, concluye: "No existe Dios".

El nuevo jefe de sección es muy amable con todos, pero muy formal. Lo observa secretamente desde su rincón, lo busca a tientas entre los protocolos e índices; a veces lo siente como persona cálida, afectuosa, que desmiente la sensación de soledad, y a veces lo siente justo lo contrario; la formalidad que tiene, la distancia que, sistemáticamente, mantiene con los otros, lo confunde, lo lleva a oscuros, muy oscuros pensamientos: un poco más y lo dejará hundirse, para siempre, en el cenagal de la soledad.

Viernes, 13 de diciembre, por la tarde. En la oficina. A las 18:10. Acaba de registrar un documento "muy urgente" y ahora es el turno de los documentos "para comparar". El jefe de sección está allí, en el otro rincón, lo ve que escribe; luego que llama por teléfono; luego, que enciende un cigarrillo y que vuelve a escribir. Tres semanas completas desde el día en que el jefe de sección entró en servicio; la situación no ha cambiado. No, no tiene nada en concreto en su contra, pero él también se encoge sobre sí mismo. El "Buenos días" que dice por la mañana al entrar en la oficina, el "Buenas noches" que dice por la noche al salir, parecen como pegados en sus labios con cinta adhesiva, precisamente para cumplir con el deber formal, un hábito. Nada más. Sus labios, debajo de la cinta adhesiva, siempre son secos, desecados, lo mismo que su alma. Pues, ¿qué queda de la nueva experiencia? ¿Cuál es la conclusión? Soledad. ¿Soledad?

Hora 18:22. A lo mejor su error fue darse esperanzas a sí mismo, permitir este juego, la ilusión de que el nuevo jefe sería.... No, el nuevo jefe no ha cambiado nada, nada en nada.

Hora 18:27. El bedel, que le ha traído la correspondencia de entrada, le ha dicho, muy confidencialmente, que el tiempo está para llover. Se inclinó y le habló a la oreja; sintió que su aliento le cosquilleaba e inconscientemente se le escapó "¡huy!".

Hora 18:35. El bedel vino otra vez, pero ahora porque el jefe de sección le llamó para encargar café.

Hora 18:50. Escribió en su paquete de cigarrillos: "Nosotros los seres humanos estamos solos, completamente solos, cada uno de nosotros es un mundo distinto, aislados de los otros". Luego leyó lo que había escrito y lo encontró ridículo. No estaba en situación de señalar dónde exactamente estaba el ridículo. A lo mejor, pensó, por haberlo escrito.

Hora 19:20. Los empleados se preparan para irse. El compañero que está a su izquierda abrió una boca enorme, como si estuviera a punto de devorar –¿a quién?– y, al fin, simplemente bostezó.

Hora 19:27. Uno tras otro los empleados van pasando hacia la salida; dicen al jefe de sección "Buenas noches". "Buenas noches" responde el jefe de sección. Todas estas "Buenas noches" suenan secas, mecánicas, como disparos.

Hora 19:32. Se han quedado los dos. El jefe de sección, inclinado sobre sus papeles, sigue escribiendo. Al poco, en dos minutos, va a pasar delante del despacho del jefe de sección y le va a decir "Buenas noches"; el jefe de sección le va a decir "Buenas noches"; es dudoso que levante la mirada en el momento del "Buenas noches". En cuanto a decir "Buenas Noches" el jefe, y, a la vez, estrecharle la mano al otro… pues no, tales lujos no caben en nuestro mundo. Es completamente asfixiante la soledad.

Hora 19:34. Apenas se levanta de su mesa, coge su sombrero de fieltro y, con él en la mano izquierda, se dirige hacia la salida; de repente, se para delante del escritorio del jefe de sección, que, sumido entre montañas de documentos, no se percata de su presencia; algo más de un metro separa al uno del otro. Habrá que cuidarse el pelo –piensa–; ha empezado a caérsele el cabello de las sienes. Luego, como siempre, dice al jefe de sección "Buenas noches", pero en el mismo instante, no como siempre, le extiende la mano, seguro de que el jefe de sección le dará la suya y le dirá "Buenas noches"; ambas manos apretadas, atadas, como un acuerdo sellado, una certeza. "No, nosotros los seres humanos no estamos solos, completamente solos". He aquí que el jefe de sección levanta los ojos y ve la mano que está esperando; extiende su mano –por fin– y coge la taza del café recién acabado y se la da, y la deja en la mano sedienta de afecto.

—Buenas noches, y muchas gracias por su atención, —le dice el jefe de sección, —en verdad, esta taza era una molestia.

Entonces cogió la taza y fue a dejarla en otro escritorio. Le habían dado una taza fría y no una mano cálida. Ve el poso del café, cuajado, negro. Como sangre coagulada negra.

Se quedó parado ante la ventana abierta. Debajo, un mar de luces ... Puso su mano derecha en el alféizar. Había empezado a llover, una llovizna que, poco a poco, se intensificaba.

— Se hace más fuerte, —sigue el jefe de sección, —habrá chaparrón. Tengo que irme enseguida. Buenas noches.

Y a la vez que emite el "Buenas noches", le aprieta la mano al lado del alféizar. Ahora, toca la mano del jefe de sección. Se había equivocado, una luz brilla en su interior. "No, nosotros los seres humanos no estamos solos", dice; las gotas de lluvia se mezclan en su cara con las lágrimas. "Estaba a punto de hundirme en la desesperación, me dio la esperanza, la alegría que desde hace mucho tiempo esperaba. No, no es nuestro destino la soledad. No estamos condenados a la soledad. Cuando nos decimos "Buenos días", cuando nos decimos "Buenas noches", no es solo con los labios, ¡es con el corazón! Ahora que me dio su mano para decirme "Buenas noches", me dio la certeza que estaba buscando. ¡No estamos solos, no! ¡Este apretón de mano es ... es alegría, alegría!"

Ahora ha cambiado la intensidad de la lluvia; las luces, abajo en la ciudad, tienen ahora otros matices. El jefe de sección no hace ningún movimiento para irse; se queda allí, frente a la ventana abierta, frente a una ventana que se abrió con fuerza y le reveló algo que nunca había pensado, algo que nunca había sospechado y ahora no puede ni quiere quitar su mano, la que había apoyado en otra mano cuando fue a apoyarla en el alféizar, es decir, totalmente por casualidad, es decir, por error.

El cuchillo

Menos mal que le dio tiempo a afeitarse. Últimamente, había ido a veces sin afeitar y, aunque no le hubiera dicho nada ni le hubiera visto nada raro en su cara, no quería presentarse más veces delante de ella como si se hubiera fugado de la "Isla del Diablo".

"Sabes, he empezado a seducirme", le había dicho el martes, hace ocho días.

Por supuesto, quería decir que había empezado a seducirse por él, es decir, que él había empezado a seducirla. Entonces, tenía que mantener su encanto, ampliarlo, profundizarlo y no arriesgarlo. La verdad es que no era de las mujeres que prestan atención a tales detalles. Ni a la barba, ni a los pantalones arrugados, ni siquiera a los zapatos sin lustrar. De acuerdo. Sin embargo, en el futuro era su deber cuidar su apariencia. Con las mujeres no se puede jugar. No puede uno tomarse nada a la ligera.

Se afeitó, pues, en un santiamén, y lo primero que hizo tras salir de su casa fue ir a la parada de taxi. No había pensado en el encuentro de esta noche. Cuando hacía la declaración de la renta para Hacienda, sintió que no aguantaba no encontrarla esta noche. Esta noche, como ayer y anteayer. ¡Imposible!

18.55. La estaba esperando en la calle, delante de la puerta de la que dentro de poco, a las 19.00, la vería salir. No había mucha luz en aquel sitio, la única luz la proporcionaba la punta de su cigarrillo. En la otra acera, una estructura melancólica.

"¡Se ha ido a pique Atenas! pensó. Solo se construyen bloques".

Su mirada fija en la puerta; solo faltan dos o tres minutos… La dejaría que caminara un poco; luego se acercaría a ella como si anduvieran por casualidad, hacia la misma dirección.

"¡Le deseo que pase un buen mes!", le diría.

A lo mejor no se había dado cuenta de que era el primer día del mes, y le daría así una pequeña sorpresa.

Una pareja vino y se pegó a los andamios de la estructura, a escondidas, como si fueran candidatos a ladrones.

Apenas la reconoció cuando salió con otras dos chicas a la calle.

—¡Tu conjunto es una maravilla! ¡Que lo disfrutes! —le dijo una chica.

Entonces él se dio cuenta. La semana pasada, un día por la mañana que no la encontró en la casa y se tropezó con ella al girar en la esquina, le había dicho que estaba en la modista. Entonces, iba a desearle "Que pase un buen mes y que disfrute el nuevo conjunto".

No le dio tiempo a acercarse a ella, porque ella lo vio primero, a pesar de la oscuridad que había a su alrededor; ella saludó a las otras dos chicas y se dirigió hacia él con evidente indiferencia. No quería ser un blanco fácil para las otras. Entonces, él también siguió a la derecha; mejor encontrarse lejos de miradas curiosas.

Se detuvo a esperarla. La vio acercándose. Le pareció que su traje de chaqueta era de color azul y algo diferente aquella noche. No era solo el traje de chaqueta, sino también el maquillaje –no la había visto maquillada antes, al menos no tanto–. También llevaba perfume. Lo notó todo en unos segundos, en cuanto ella se le acercó un poco. Se quedó inmóvil a una distancia de dos o tres metros.

"¡Muy arreglada!", pensó. Una chica que va a encontrarse con alguien y a la que le interesa él. Es decir, yo. Entonces, ¿me estaba esperando? No habíamos quedado para esta noche. Sin embargo, la intuición… ¡La intuición que tienen las mujeres!

Se preguntó qué desearle primero. "¡Que tenga un buen mes!" o "¡Que disfrute el conjunto!". Se le solucionó el dilema; le habló ella primero:

—Le ruego encarecidamente que no vuelva a venir.

Y tenía aquella sonrisa, una sonrisa que a él, en cada ocasión, le provocaba una emoción distinta. Una sonrisa un poco amarga, un tanto entrecortada en exceso, un poco torpe, pero siempre tan seductora.

Paso a paso, los interrogatorios por el asesinato determinarían, finalmente, al instigador. De todas formas, era un asesinato completo: tenía incluso instigador. No, los interrogatorios no habían llegado al instigador. Por una sola razón: todavía no habían empezado. Pero, ¿cómo empezar? Faltaba un pequeño detalle: el asesinato. Lo principal fue que ya había planeado la escena. Cuando dio un giro de 180 grados y se perdió de los ojos de ella. ¿No le había dicho: "Le ruego encarecidamente que no vuelva a venir"? Si no hubiera sido "encarecidamente", podría haber reaccionado, haber dicho algo, por fin, y no renunciar así, como un culpable. ¡No dijo ni mu! En aquel momento, cuando dio un giro de 180 grados y se perdió de los ojos de ella, sentía como si lo hubieran cogido desprevenido y le hubieran golpeado en la cabeza con un puño de acero o con una bolsa llena de arena. Sentía una nube delante y dentro de sus ojos. Casi no sabía adónde ir, estaba mareado por el susto inesperado, se había embriagado por el dolor.

—¡Con el cuchillo!

Un vendedor ambulante clandestino se instaló en un rincón. El carrito, pasado de moda, cargado con sandías y, entre las sandías, el acetileno. Un jornal que ganarse con el corazón en la boca, por si acaso se presentaba –lo que faltaba– la policía, que es muy estricta en estos casos.

—¡Con el cuchillo!

Este grito era un grito-consigna. El vendedor ambulante –el instigador– le dio la idea, la inspiración para el asesinato. Y algo más incluso: le señaló el arma.

—¡Con el cuchillo! —dijo en voz alta y se encaminó hacia el café de la esquina a preguntar si había en el barrio alguna tienda donde se vendieran cuchillos.

Eran las 19:20. A las 19:30 en punto cierran las tiendas, echan el cierre. Un poco antes de llegar al café se encontró con el policía de la comisaría, que estaba de turno.

—Querría urgentemente un cuchillo, por favor, —le dijo. —Bueno, ¡que corte bien! ¿Tiene usted idea de si hay alguna tienda por aquí cerca?

—¡Por supuesto que hay! Siempre que llegue a tiempo y que esté abierto. Mire, ¿ve aquel camión? No el primero, el segundo. Está a unos diez metros del camión, encontrará lo que quiera. Hace un mes yo también me compré un cuchillo allí. Para la cocina. Pero, ¡qué cuchillo! ¡Es-tu-pen-do!

Cuando entró en la taberna, estaba en muy malas condiciones. Arrugado, despeinado por el viento, barro en los pantalones, una mancha de minio en la chaqueta… En su largo deambular, había ido parando aquí y allá para tomarse un respiro, para poner orden a su tormenta interior. Parece que tocó algún pilar recién pintado de minio.

Su aspecto era de los que, como se suele decirse, "llaman la atención". Sin embargo, en la taberna nadie se fijó en él, su presencia pasó inadvertida. Y es que los demás se parecían más o menos a él.

Se sentó en una mesita al fondo. Pidió una ración de guiso de alubias, queso feta y una jarra de medio litro de vino.

En cuanto al cuchillo, lo llevaba envuelto en el bolsillo izquierdo de su chaqueta. ¡Afortunadamente llegó a tiempo a la tienda! Eligió, entre los muchos que había, el más afilado y elegante a la vez.

—Es nuestro mejor cuchillo, —le aseguro el dueño con un gesto como si se le rompiera el alma por separarse del él. —Hasta un toro al aire lo corta en dos.

Lo mejor sería no mostrar interés por las buenas recomendaciones que le daban sobre el cuchillo. Si mostraba entusiasmo, correría el riesgo de levantar sospechas.

Por el camino, le venía a la cabeza la conversación que había tenido, "Corta en dos un toro al aire". Le gustó la imagen, sí. Pero no podía entender bien lo del toro al aire. "¿Al aire?" se preguntó un par de veces. Luego, dejó de pensarlo.

Cada dos por tres se paraba y miraba a escondidas el cuchillo. Estaba orgulloso del brillo de su filo en la noche.

En la penumbra de la taberna tenía plena comodidad para organizar todo lo relacionado con el asesinato. Para bordar, uno por uno, todos los detalles.

Primero, me mato a mí mismo. Número 1: Voy a clavar el cuchillo en mi pecho. Luego, número 2: Voy a clavárselo en el suyo. E incluso, si resulta que en ese momento lleva el nuevo conjunto azul, se convertirá, de repente, en rojo ...

Pinchó dos alubias, se tomó un vasito.

—¡De un trago! —dijo en voz alta.

En aquel momento surgió un interrogante y le confundió: "De acuerdo, el primero al que voy a apuñalar seré yo. Pero, luego, ¿cómo voy a seguir? Resulta difícil. A lo mejor tengo que revisar el orden de las prioridades. Sin embargo, mi objetivo es uno: el asesinato. Si no, ¿para qué diablo quería yo el cuchillo? Ya que hay cuchillo, ¡tengo que aprovecharlo!"

—También tengo pechuga de pollo, —escuchó al tabernero decirle a un nuevo cliente.

"...también pechuga de pollo" ¡Qué vergüenza! La conversación, no obstante, hizo de inmediato mella en su ánimo.

***

Era la primera vez que había ido a su casa, era por la mañana y había algo de niebla. Le abrió una amiga suya.

—Pase, dentro, —le dijo. —Sólo hace falta que espere un poco. Está en el cuarto del baño.

Se sentó en una silla al lado de la cómoda y empezó una conversación trivial con la chica. Al momento, la escucha llamando a su amiga desde el cuarto de baño. Se quedó solo dos minutos.

—Perdone, —le dijo la chica cuando volvió. —¿Le importaría mover la silla un poco más a la derecha? Necesito coger una cosa del cajón.

Consiguió ver cómo la chica se inclinaba y, con un movimiento como el del rayo, cogió del penúltimo cajón una prenda de lencería muy pequeña y se la llevó al cuarto de baño. Desearía mucho haber podido ver de qué color era.

Al poco tiempo vino andando con ese estilo ondulado y como de felino; el albornoz abierto por el lado; se sentó en una cama baja y estiró sus piernas; él se excitó al verlas desnudas hasta arriba de las rodillas, recién lavadas.

"¡Nada debajo!", pensó. Solo la prenda que su amiga le había llevado. Su pecho...

Con cautela intentó ver por el escote entreabierto; no pudo ver gran cosa, apenas el principio.

"Será pequeño. Pequeño y firme". Así sería porque así quería que fuera.

En pocas palabras, la había amado. Por todo. Y, más que nada, porque no tenía nada programado, precalculado. Espontánea al máximo, instintiva, directa. Una pequeña y linda torpe. No disponía, en absoluto, de la destreza fría y premeditada de los malvados.

"En nuestros días, hay que sospechar de los habilidosos. Puede ser que el signo más seguro de la castidad sea la torpeza", pensó mientras la ensamblaba en su conciencia. También le gustaba que tenía nervio, sentirla dominada por una constante tensión nerviosa.

Otra mañana, en su habitación –era una planta baja y la ventana, la única, daba a la calle– ella quería decirle algo, algo sobre su "asunto". En la mesita frente a la ventana, un gran despertador redondo estaba haciendo ruido y le estaba molestando; saltó de la cama, lo agarró y lo metió en un cajón. Se acordaba de la escena, le conmovió. También, cada dos por tres, se mordía sus labios. Ella, cuando habla, es como si se confundiese, como si estuviera agitada, y se muerde los labios. Un tic, un movimiento de niña. Pero un movimiento que lo calienta y lo vuelve loco y le dan unas ganas irrefrenables de correr y sellar sus labios. Pero hasta ahora no se había atrevido a hacer nada parecido. Sólo una vez le acarició la mano. ¡Ah, sí! En otra ocasión, el cabello; el cabello, dos veces.

"¿Sabes? Empiezo a sentirme seducida", le había dicho.

Y luego, una semana más tarde: "¡No vuelva más, por favor!"

No podía entender qué había sucedido. Siempre era tan cuidadoso, tan impecable en su comportamiento. ¿Acaso porque no había avanzado, porque no se había atrevido a dar y recibir –sobre todo recibir– más?

"Con las mujeres no hay quien se aclare" concluyó y pidió más vino. "Rompen contigo tanto si pides mucho como si no pides nada".

Pero ahora había llegado al final: tenía el cuchillo. Resolvería el problema.

Sacó el cuchillo de su bolsillo, lo puso sobre la mesa. Abrió el papel en el que estaba envuelto y se jactó de él. ¡Es un gran cuchillo! Hecho con mucho arte. Tenía una personalidad propia. Elegante, reluciente, insidioso, mortal.

Se levantó para ir al baño.

— Oye, con el cuchillo que me dieron no podía hacer nada. Media hora estuve intentando cortar la chuleta y al final nada. ¡Piedad! Pero el tuyo...

El tabernero te atendió bien. Te escogió un cuchillo que corta. ¿Qué quieres que te diga? ¡La flor y nata! Muy, muy bueno.

Acababa de sentarse en la silla. No se había dado cuenta aún de que el cuchillo no estaba donde lo había dejado al ir al excusado, cuando el cliente de la mesa de al lado –un anciano, miope– se inclinó y habló con él.

El golpe fue tan fuerte que no pudo encontrar el valor para protestar. ¿De que serviría cualquier protesta? El otro seguía a lo suyo: no paraba de cortar su carne. Y el cuchillo, aquel cuchillo flamante, reluciente, se había vuelto irreconocible. A su filo se había pegado grasa compactada, y a su mango pequeños trozos de carne. No podía ver bien, la luz era escasa, su corazón estaba alterado. Cómo poner las manos en el cuchillo miserable, cómo clavarlo en el pecho de ella… ¡un cuchillo engrasado, adornado con grasa!

—Así que nuestra Grecia va de mal en peor, —continuó el hombre. —En los viejos tiempos, los cuchillos de las tabernas cortaban, ¡hijo mío! No es broma… Hoy en día, no puedes cortar ni un papel de liar. Así que...

No se quedó allí para escuchar el resto. Pagó rápidamente la cuenta dejó el cuchillo en las manos del otro y salió. Empezó a llover cada vez más fuerte.

Ahora, se había parado frente a su ventana. Ni siquiera le importaba la lluvia. No había luz en la habitación. Las persianas estaban cerradas. Se habría acostado. Encendió una cerilla, vio la hora: en tres minutos sería medianoche. Quería decirle:

"En cuanto al asesinato, cambié mi plan. Pasó algo que arruinó mi estado de ánimo. Ya no tengo ganas".

Se acercó a la ventana, casi se pegó a la pared.

"¡Que tengas un buen mes!" le dijo, en voz baja para no despertarla.

Empezó a alejarse, se volvió:

"¡Felicidades por el conjunto!"

El Apocalipsis de San Juan

Sábado por la mañana. Lo despertó el teléfono. Es decir, la pesadilla del teléfono. Es decir, tuvo un sueño-pesadilla con el teléfono como protagonista. En concreto, soñó que dormía y soñaba con los angelitos y, de repente, empezó a sonar el teléfono, a sonar sin parar. Al final no aguantó más y saltó de la cama y corrió furiosamente al pasillo donde estaba la mesita con el teléfono, a ver quién diablos era a primera hora... No. No había ningún teléfono que sonara sin parar, no había sonado ni una vez. Sin embargo, ya era tarde cuando se dio cuenta: ya se había despertado.

Por supuesto, no se había movido de donde estaba. Correr por el pasillo fue un detalle de la pesadilla. En realidad estuvo siempre metido en su cama y entre las mantas de pelo de camello. Lo único que había cambiado fue su sueño, ahora recortado por el persistente sonido del teléfono, aunque en forma de sueño. Echó un vistazo al reloj.

¡10.10! "Me interrumpió el sueño a primera hora de la mañana", pensó. "Al diablo el teléfono y su inventor..."

Intentó recordar el nombre del inventor, pero no lo consiguió. Quería pensar en más cosas, desahogarse, pero no avanzó; primero, se aburría, y segundo, se le había metido en la cabeza volver a dormir. Así que dio un giro de tres cuartos y se acomodó como mejor pudo, el sueño -el segundo, el suplente- le estaba ganando lentamente, cuando sonó el teléfono. Pero ahora no era un sueño; era Keti y una invitación para ir de excursión a Nauplia.

Le dijo tajantemente que no. Keti no quiso rendirse:

—¡No digas que no! Oye, Takis, Meri, nosotros dos, cuatro en total. Takis ha dicho que ha recogido su coche nuevo, un Mercedes 220 5E, de la aduana. Así que quedamos en tu casa, John, sobre el mediodía. A las doce y cuarto, doce y media como mucho. ¡Estate listo, John! ¿Te parece? Sábado por la tarde-noche, en Nauplia. Domingo por la mañana, paseo a orillas del mar. Domingo por la noche, vuelta a Atenas.

Keti tenía muchas ganas de seguir adelante con lo relativo al viaje a Nauplia, pero él la desarmó con un segundo no, más claro que el primero, pero esta vez con datos:

—¡De ninguna manera! Estoy resfriado. Tengo fiebre. ¿Te das cuenta? ¡Fi-e-bre! No mucha, aún no ha llegado a cuarenta, unas décimas en este momento. Pero también tengo escalofríos. ¡Unos escalofríos tremendos! Estoy temblando como un pez fuera del agua o como un pollo en el agua. ¡Mi plan es pasar el fin de semana en casa, y punto!

Al final Keti renunció. La llamada se acabó. Y ya eran las 10.50.

—¡Tengo que apurarme!, —dijo en voz alta. —Las tiendas están cerradas los sábados por la tarde y no tengo ni una hoja de papel.

Fue al baño, se afeitó rápidamente. ¡A pesar de la prisa, no se cortó ni siquiera un poco! Después de afeitarse, hizo exactamente lo que hacía todas las mañanas: se pesó. Tenía en el baño una báscula, el último modelo. La había descubierto en verano en Lausana, a donde se había acercado para cambiar de aires.

"¡La situación sigue mejorando de forma estable!" dijo o, si no lo dijo, sin duda alguna quería decirlo.

Los 70 kilos que le mostró la báscula suponían un progreso comparados con los 74 del mes pasado, los 76, los 77, los 81… Había exigido un esfuerzo heroico hacer desaparecer los kilos sobrantes. Una dieta estricta, desesperada.

"Vamos bien, muy bien... ¡Afortunadamente!", repitió, echando un segundo vistazo al número: 70.

Eligió una corbata que no apreciaba mucho. Dudaba si se la había puesto cuatro o cinco veces. Cuando vio sus corbatas en orden sintió remordimientos –o algo similar– por despreciarla, injustamente.

Una corbata es como una mujer, reflexionó. Mientras está sin usarse es como si no existiera.

Claro que el resfriado era un truco, la fiebre también lo era, así como los escalofríos, aquellos escalofríos tremendos que dijo a Keti. Gozaba de buena salud y lo único que le impedía ir con ellos a Nauplia el finde era "Sospechas".

Quería quedarse en casa este finde, encerrado en su hogar, un ático en la calle Tres Septemvriu número 110. ¡Y ponerse por fin a escribir el relato!

Lleva con la idea inicial para "Sospechas" desde hace mucho tiempo. Durante las últimas semanas, ha estado pensando cada vez más en el nuevo relato. El trabajo preliminar se había completado en aquel espacio místico, destinado a tales asuntos. El miércoles tomó la decisión de sacrificar el fin de semana, cualquier fin de semana, a favor de "Sospechas".

Además, estaba motivado para escribir. Sería una pena no aprovechar su disposición. Iba a encerrarse en casa todo el fin de semana. Ni recibiría visitas, ni cogería el teléfono, aunque se viniera el mundo abajo. Es más, lo desenchufaría para estar tranquilo por completo. Y trabajaría sin parar, fumando y tomando de vez en cuando el coñac francés, ese que tenía solamente para ocasiones similares, y lograría, finalmente, armar la trama del relato. Además, ya lo tenía listo en su interior. Solo le quedaba conectar las partes y ponerlas en papel. Pero aquí estaba el problema: si tuviera papel, el papel especial en el que escribía sus relatos, el único que usaba para escribirlos, tampoco saldría ahora. Se pondría a escribir directamente. ¿Pero cómo escribir en un papel cualquiera? ¡Imposible! Le resultaba completamente imposible escribir frente a un papel del montón. Él quería el suyo, el que había elegido entre muchos, el que usaba siempre. Un papel satinado mate de 80 gramos, no blanco, de un tono casi crema, no intenso, muy ligero. Sobre todo, no tenía ni una mancha, ni ninguna de esas salpicaduras como pecas que tienen los papeles habituales destinados a una clientela habitual. El papel que le venía bien lo había descubierto en una pequeña papelería, en un callejón cerca de la calle Eolu. No se acordaba del nombre de la calle, a pesar de que se había fijado con empeño la última vez que fue a comprar un paquete de 500 hojas. Ya no quedaba nada del paquete y tenía que llegar a la papelería a tiempo. Los sábados las tiendas están cerradas por la tarde.

Aquel sol parecía cualquier cosa menos un sol de noviembre. Y sin embargo, era precisamente eso, sol de noviembre. El 17 de noviembre.

—¡Qué otoño este! —suspiró. —Solo unas pocas lluvias y nada más. Dudo si ha habido tres o cuatro chaparrones desde septiembre.

Quería la lluvia. Tenía pasión por la lluvia. Se desenlvovía con ella con comodidad, con la misma comodidad que en un salón iluminado y bien calentado.

Pensó, mientras esperaba el verde en una intersección, que, si acaso llovía aquel fin de semana en que pretendía escribir "Sospechas", la lluvia resultaría un estimulante maravilloso para su disposición.

Echó un vistazo al cielo –una estrecha y buena porción de cielo entre los bloques– para ver qué pasaba. ¡Desesperación! El sol, dominante, brillaba como los gemelos –de dieciocho quilates– que se había puesto para salir. Un regalo de su penúltimo amor. No, el antepenúltimo. El marido, subdirector del Banco de Crédito Comercial . O de Crédito Industrial. De Crédito, en cualquier caso.

Se demoró escrutando la posibilidad de lluvia y no le dio tiempo a pasar. El verde duraba muy poco en aquel paso de peatones. Estaba a punto de blasfemar, una picante expresión francesa llegó a sus labios, directamente en francés, pero se la tragó. Tenía que defender su estado de ánimo. Debía tener mucho cuidado el fin de semana. "Sospechas" estaban por medio. No tenía derecho a arriesgar su ánimo.

¡Menos mal que encontró las 17 hojas de papel! La tienda no tenía ni una más. El dependiente no supo cómo excusarse. Cómo expresar su pesar.

—No se dieron cuenta a tiempo de que el papel que prefiere el caballero se había agotado… Es cierto que el caballero es nuestro cliente, un cliente regular, y nuestro principio es no disgustar nunca a los clientes. De todos modos, el lunes a primera hora, sin demora, tendré un stock entero y…

No importaba, con las 17 hojas podría ya completar su tarea perfectamente. Sus relatos nunca superaban las 13-14, 15 hojas como máximo. Todo estaba calculado con una precisión hiper-matemática.

¡Por poco un desastre! Si no existieran las 17 hojas, "Sospechas" se quedaría en el tintero. Se quedaría para más tarde.

"¿Acaso estaría la semana siguiente con ánimo para escribir?", se preguntó.

Y además se desperdiciaría el fin de semana. No le daría tiempo a llamar a Keti y decirle que ya estaba mucho mejor, que no tenía fiebre, que los escalofríos tremendos desaparecieron por arte de magia y que le haría mucha ilusión ir juntos a Nauplia.

No cogió un taxi. No. Quería caminar, estirar las piernas y, sobre todo, pensar en "Sospechas". Iría hasta su casa entre el tráfico y el ruido de Atenas a mediodía y, durante el trayecto, trabajaría el relato. No le molestarían los gritos, los coches, el tumulto…, toda aquella jungla que circulaba a esas horas por las calles de Atenas. Tenía la capacidad de poder concentrar su pensamiento en un objetivo concreto, independientemente del entorno en el que se encontrara. ¡Ojalá estuviera en una concentración preelectoral en la plaza Klafzmonos!

Si pusiera un subtítulo a "Sospechas", escribiría: "Monólogo interior". O algo parecido. La palabra "monólogo", en todo caso, permanecería en todas las versiones.

Ni siquiera sabía cuál era exactamente el tema de su relato. Además, nunca prestaba importancia al tema. Lo que le interesaba eran los procesos psicológicos y psicoanalíticos, las fluctuaciones y alteraciones secretas de sus héroes, es decir –tampoco había héroes– hombres concretos con una presencia tridimensional. Era suficiente para él trazar un ligero esquema, unas líneas generales de un personaje. A continuación, procedía a una detallada descripción de todo. Le gustaba hablar de cosas irrelevantes, centrarse, por ejemplo, en una mosca que revoloteara en la habitación, observándola mientras vuela. Podría escribir –y había escrito– páginas enteras sobre una sola mosca. O incluso sobre un solo mosquito. La base de sus relatos era siempre una introspección perpetua. Una introspección sin coherencia, el referido "monólogo interior".

El enfoque en "Sospechas" fue un complejo erótico con muchos subcomplejos y muchas adherencias. Uno de los temas recurrentes de sus relatos. Una historia que tenía en primer plano una isla del golfo Sarónico o del mar Egeo con un aire cosmopolita, por ejemplo Hidra o Miconos en verano. Y en segundo plano, París o Londres en invierno. Quería que "Sospechas" fuera un relato realista y, a la vez, metafísico. Dos películas americanas que había visto recientemente, la primera en "Palas" y la segunda en "Atticon", le habían influido muchísimo y le habían inspirado "Sospechas".

Todavía no había editado sus relatos en un libro. La mayoría de ellos, seis o siete, se habían publicado en revistas literarias. También quería escribir un ensayo sobre estética. Título: "¡Sí, el arte por el arte!" Ya tenía el título. Le gustaba mucho este "Sí" al principio.

Sin darse cuenta de las nubes, que como coches de policía se reunían desde los cuatro puntos del horizonte en uno solo, se dirigía a su casa pensando en el relato, por cuyo éxito había sacrificado un fin de semana muy agradable en Nauplia. Y entonces, en la plaza Lavriu, le pilló, de hecho, el chaparrón. ¡Y que chaparrón! No sólo fuerte sino además duradero.

Entró en pánico. No fue por él mismo, todo lo contrario; a él le gustaba la lluvia. De no llevar consigo las 17 hojas de papel, habría caminado tranquilamente bajo el agua. Pero ahora tenía que salvar el valioso paquete. Lo metió en su pecho, abotonó la chaqueta, buscó un taxi... Imposible encontrar un taxi a esas horas. Finalmente, con muchos sudores y caminando pegado a la pared, encontró un refugio, una galería o algo parecido, y entró. Lo apretujaron hacia el fondo los otros que iban corriendo y se agazapaban dentro de aquel local, igual que conejos perseguidos.

Sin apenas darse cuenta, se halló sentado en una silla vieja frente a una mesilla con una losa de mármol encima en un café vulgar. Una mesilla que estaba pegada a la pared de la galería. De tanto empujar, fue hacia allí, y al final se vio clavado en una silla coja, que tenía una pata más corta que las demás.

De no haberse visto en estado de emergencia, no hubiera aguantado ni un segundo en aquel sitio, colmado de brochetas con pan de pita, cebolla, mucha cebolla, y un olor que le era imposible identificar, algo entre retrete y patatas podridas.

La galería, que ya de por sí no estaba bien iluminada, ahora tenía, encima, la negrura de la lluvia. Apenas distinguía unos rostros como envueltos en celofán. Hombres, mujeres, niños... mojados, desmelenados, un espectáculo que, en el fondo, era muy gracioso. Quería, por supuesto, sonreír a estas gatas-personas mojadas apelotonadas a su alrededor. Pero pensó que él mismo no se encontraría en mejor estado, y se le cortaron de raíz las ganas de sonreír.

Cogió las 17 hojas de papel y las depositó sobre el mármol. Ahora ya no temía miedo de que las mojara la lluvia. Quitó la envoltura y trató de alisarlas, tenían unas pocas arrugas. Luego las contó, sólo para entretenerse en algo, a modo de pasatiempo. Se aseguró de que eran exactamente 17.

Sobre el mármol vio varios dibujos y números. Unos, hechos con navaja, otros con lápiz o bolígrafo. Un corazón con dos flechas cruzadas, en forma de escudo. Un corazón flechado, y un "¡Ay!". Más allá: "Haz la cama para dos". Debajo: "Que nos vayamos todos al diablo". Más hacia la derecha: "Soy del Partido de los Nacionalistas Griegos Auténticos". Y al lado: "Y yo soy del tercer sexo. Llamar, por favor, al 7103…". Los dos últimos números semiborrados.

Quería tomar algo, un café o un coñac. Pero ni rastro del camarero. Pensó que el vaso también olería a cebolla, y le dio asco.

Desde su rincón no podía ver qué pasaba con la lluvia. Probablemente se habría debilitado. Los náufragos que habían estado reposando en la galería se dispersaban poco a poco, de lo cual dedujo que el chaparrón se habría apaciguado. Esperaría hasta estar seguro, y entonces recogería del mármol las 17 hojas, ¡y directamente a casa! Tenía tantas ganas de ver "Sospechas" tomando forma, avanzar folio tras folio, llegar a la palabra FINAL –o, para ser preciso, THE END–. Lo prefería en inglés; le sonaba mejor.

—Uranía Mavroidí, —le dijo la mujer, que tenía unos dedos largos y finos, dedos de pianista, salvo que tenían unos nudos como sarmientos.

Aturdido por la aparición imprevista que estaba frente a la mesilla, a duras penas dijo:

—Mucho gusto. John Heliades. No tengo el gusto…

Pero no le dio tiempo, la mujer abrió el bolso, uno verde de plástico, dado de sí, y sacó un papelito cuadrado que depositó sobre al mármol:

—Mi hija, mi Jrisula, ha estado escupiendo sangre toda la noche. El médico ha dicho que debe ingresar en "Sotiría" urgentemente. ¿Me oye? ¡Urgentemente! Porque si no…

Ahora comprendía; quiso poner la mano en el bolsillo derecho del pantalón, allí tenía la cartera, para sacar algo de suelto.

—Que me escriba usted una nueva solicitud, —siguió la mujer, que no había notado el gesto. —La última vez usted no redactó mucho, y no obtuvimos resultado. ¡Ahora redacte mucho, mucho! Mire, eso es, hágales sufrir. Sentir mi sufrimiento. ¡Una muchacha de veinte años! Ha estado escupiendo sangre toda la noche. ¡Y cuánto ha adelgazado mi Jrisula! No deja de perder peso continuamente, de encogerse poco a poco... ¡Se ha quedado en los huesos! ¡Ah, usted sabe lo que siento! Sé que usted lo sabe, lo veo en sus ojos. ¿A que sí? Pues, escríbalo para el Servicio de Asistencia también; que haga que se les parta el corazón. Para que no desatiendan a mi Jrisula, y que...

Dejó el papelito sobre el mármol, abrió el bolso y con un pañuelo doblado quiso secarse los ojos. Entonces él, intuitivamente, giró a la derecha. En la pared, encima de la mesilla, vio un letrero colgado de un clavo con un cordel:

SE REDACTAN SOLICITUDES

Luego, cogió el papelito de la mujer.

SERVICIO DE ASISTENCIA SOCIAL DE ATENAS

Número de registro 111.740

El 10/6/1965

Girando a la izquierda, vio una gran placa de metal en la puerta doble al fondo de la galería:

REINO DE GRECIA

MINISTERIO DE ASISTENCIA SOCIAL

SERVICIO DE ASISTENCIA SOCIAL DE ATENAS

ACCESO AL PÚBLICO:

DE MARTES A SÁBADO 13.30-14.00

PARA LOS SEÑORES DIPUTADOS:
TODOS LOS DÍAS Y A TODAS HORAS

No, antes no se había dado cuenta, no se había dado cuenta de nada. Sacó su bolígrafo, dobló casi por la mitad una hoja de papel –una de las 17– , y escribió en la otra mitad:

Solicitud
De Uranía Mavroidí
Referente a
El ingreso de su hija Jrisula en el Sanatorio "Sotiría"

Un hombre con un esparadrapo en el ojo izquierdo pedía papel estucado. Unas hojas de papel glossy. Y le pagó la solicitud por adelantado: una moneda de cinco dracmas. La madre de Jrisula le pagó tan pronto como puso la firma en la solicitud: sus primeras cinco dracmas.

—¡Llegaron las lluvias! —le dijo casi en confianza su segundo cliente. En Drapetsona hay mucha agitación. Lo que quiere decir, ¡que todos nos iremos al diablo! ¿No cree?

— ¡Así es! —asintió, y su mirada se dirigió al mármol, donde un desconocido había escrito con lápiz: "Que nos vamos todos al diablo".

Tampoco pudo negarse al cliente que llegó justo después de la mujer, y que lo había visto redactar la solicitud para el "Sotiría". Cómo explicarle que él no era el responsable, que se había sentado en la silla del redactor de solicitudes por casualidad, esperando a que se apaciguara la lluvia.

Mientras redactaba la solicitud para el papel estucado, tiró disimuladamente de su manga derecha para esconder el gemelo que brillaba con sus 18 quilates. Tenía la sensación de que el ojo del hombre, el que estaba al descubierto, estaba clavado en el gemelo y de que, igualmente, lo estuvieron examinando los otros que estaban esperando su turno para una solicitud.

La tercera solicitud no era para papel alquitranado. Era para leche evaporada de parte de una madre que no podía amamantar a su bebé –de seis meses– y que además tenía otros cuatro hijos, y que a la hora de inclinarse para firmar se disculpó:

—Ah, cuando me inclino, me mareo. Será que voy para el sexto...

Las 17 hojas de papel especial llegaron a 13, 11, 10, 7, 6, 5... Redactaba, redactaba solicitudes sin parar; se le había entumecido la mano, pero no podía parar, no quería parar. Toda esa gente que se le acercaba, uno por uno, pasaba penalidades, muchas penalidades. ¡Cuántas penurias pasaba la gente! ¿Y, cómo no lo había imaginado hasta entonces? Había bajado la cabeza y redactaba, redactaba... Las hojas de papel especial con una leve tonalidad de crema iban tomando un tono cada vez diferente, un tono oscuro profundo.

Ya no tenía más clientes para solicitudes. No tenía más papel, ni una hoja. Sin embargo, no se decidía a irse de su mesilla, de la silla que tenía una pata más corta que las demás, del olor a cebolla y del otro a... Quería permanecer allí, en su rincón, quedarse con todo lo que ahora llevaba en el corazón.

Vio a un camarero, le pidió un café.

—Has tenido suerte, que el otro hoy estaba enfermo, —le dijo el camarero. —Si te hubiera pillado habiéndola montado aquí, en su puesto, ¡ja! Estarías metido en un lío. Ya sabes, estos puestos no son como los ministerios, que los puede ocupar uno u otro, por turnos. En todo caso...

Tomó su café, lentamente, pensando con mayor intensidad por momentos. Sí, pensó en todo. Todo, y desde el principio. Respecto al relato que planeaba escribir, no, no pensó en eso. ¿Por no tener papel especial? No. Ahora le rondaban otras sospechas, ahora quería decir algo diferente.

NK-1-1